愛の巣へ落ちろ!

樋口美沙緒

白泉社花丸文庫

愛の巣へ落ちろ！　もくじ

イラスト／街子《まちこ》マドカ

プロローグ

きっかけは、偶然見たテレビ番組だった。

その頃、翼《つばさ》は狭い家の小さな部屋に閉じ込められていて、同級生が学校に通っている午後、ベッドの上から窓の向こうの空ばかり飽きるほど眺めていた。

微熱のこもった息のなかで、翼が見る空はいつも窓の形に切りとられて真四角だった。

時おり窓の向こうを飛んでいくチョウを見ると、胸が締めつけられるほどうらやましくなった。

――俺だって、もっと生きてみたい。

生きてみたい。

生きることを、感じたい……。

その日テレビには、全寮生男子校の取材番組が映っていた。シジミチョウ科出身の翼には縁のない、ハイクラス種に属するエリートばかりが集まる名門学校。

だけれど、

『過去には一度、シジミチョウ科のベニシジミが特別奨学生枠で入って、首席で卒業したんですよ』

と、取材を受けた生徒の一人がにこやかに語っていた。

タランチュラやオオカブトムシ、カマキリにベッコウバチ。

強くて大きなハイクラス種ばかりの学校で、完全にロウクラスのシジミチョウが首席？

画面に映る学生たちはみんな颯爽《さっそう》として、自信に満ち溢れている。

なかでもメキシカンレッドニー・タランチュラの生徒が映し出された時、翼は画面に釘づけになった。

すらりと伸びた長身に、広い肩幅。男らしい体軀。額にかかる黒髪は、陽光を受けると赤みがかる。見るものを射抜くように強い琥珀色の瞳、まるで芸術品みたいに完璧な美貌。ハイクラスの中でもトップ層に君臨するタランチュラの厳かな威厳が、画面を通しても痛いほどに伝わってくる。

（本当にこれが、俺とたった二歳しか違わない男のものなのかな？）

取材している女性リポーターが上ずった声で、レッドニーの学生にインタビューする。

『あらゆる方面において恵まれていることについて、自分でも幸せだったと思う？』

彼は琥珀の瞳を細め、肉厚の男らしい唇から澄んだバリトンで答えた。

『恵まれているかどうかはただの境遇であって幸せとは関係ない。幸せな人間というのは、自分の人生を生ききったヤツのことだ』

決めつける言葉にリポーターは一瞬たじろいだようだけれど、翼のなかではなにかが弾けた。

――俺だって。

――俺だって生きてみたい。

生きてみたい。

生きることを、感じたい。

（そして俺が確かに生きていたってことを、誰かに知っていてほしい……）

明日死んでしまってもいい。

自分で選んだ人生だったと、自信が持てるのならば。

一

春、『星北学園前《せいほくがくえん》』停留所から学園に向かう急勾配な坂の道沿いには、桜が満開の花を咲かせ、見上げると息がつまるほどの薄紅色が広がっていた。

「うわ、豪華……」

青木《あお》翼《きつばさ》は立ち止まり、思わず声をもらした。坂を上りきった場所にある学園の校舎は、翼の十五年の人生で見た最も豪勢なものだった。

学園の建物は古い歴史を思わせるヨーロピアン・アンティークの様式で、広々とした敷地内には校舎のほかに講堂、体育館やチャペル、購買棟や食堂、クラブハウスにくわえて七つの寮がある。星北学園は全寮制の男子校であり、寮にはドゥーべやメラクなど星の名前がつけられていて、

（ださいよな……これが金持ちのセンスってやつか……？）

下町育ちで一般庶民、そのうえ世慣れているわけでもない翼には理解できないのだが、いざ入寮予定のドゥーべ寮を目の当たりにすると、そんな感想も吹き飛んでしまった。

白亜の壁に彫刻を施した正面玄関。半円窓の半円部分には細かな文様を描く鉄枠が嵌《は》めこまれ、学生寮というより西洋貴族の大邸宅のように見える。

「新寮生の方はこちらに一列に並んで、手続きを行ってください」

真新しい制服に身を包んだ男子学生たちが、ドゥーベ寮の上級生に誘導されて玄関先に列を作っているので、翼も緊張しながらその最後尾に並んだ。

上級生は言わずもがな、一緒に並んでいる新入生でさえみな背が高く、まとう雰囲気《ふんいき》も大人っぽい。美形もごろごろしているし、なにより華やかだ。

(やっぱりこの中じゃ俺、ちんちくりんだな……)

寮の正面玄関に張られたガラス窓に映る自分の姿を見て、翼は苦笑した。

こしのない猫っ毛に、黒眼だけはシジミチョウの特徴そのままに大きいけれど、小さな鼻と唇で地味な風貌。シジミチョウ出身者の体は平均して小さいが、そうでなくても体の弱い翼は華奢《きゃしゃ》で、肩にかけたスポーツバッグに持たれているような印象だ。

そのせいか、翼の番がきて提出書類を出すと、受け取った受付員はいぶかしそうに眉を寄せてきた。

「きみ、新入生？　中等部と間違ってない？　ここは高等部だけど」

隣の受付員も、興味をそそられたように翼を見上げてくる。

「俺一応、高校生ですけど」

「えっ、そうなの？」

二人に驚かれ、翼は内心少しだけ傷ついた。どうせ童顔だよと思うが、そもそもここにいる他の生徒が普通より大人びているのだ。

「きみ、毒グモ出身？　それにしたら地味だけど、ハイクラスにしてはかなり小さいね」

「それか小型サソリじゃないの？　どちらにしろ小型種が入ってくるのは珍しいな」

「うーん、小型種にしても……きみ、地味だねえ」

（地味地味、小型小型言いすぎだろ）

翼は思わず、ムッとした。

受付員が口にした毒グモや小型サソリは、どちらも小さな体長ながらハイクラスにのぼりつめている珍しい種だ。この人たちは、この名門校にロウクラスが入学してくるなんて万に一つも考えていないのに違いない。

「俺は……ツバメシジミです」

「つばめしじみ？　つばめしじみってなに？」

「ロウクラスのシジミチョウ科のツバメシジミ出身です。ていうか、書類にも書いてるんですけど」

二人の表情が一瞬固まり、会話を聞いていたらしい背後の新寮生たちも翼にじろじろと無遠慮な視線を投げてきた。

「ぼうや、来るとこ間違ったんじゃない？　ここは星北学園だよ。ロウクラスの子なんていないんだけど」

受付員の言葉に、周りがくすくすと笑い出した。明らかにバカにされて腹が立ち、翼は大きな瞳できっと受付員を睨《にら》みつけた。

「おあいにくと間違ってねえよ。さっさと手続きしてくれませんか？」

「うわ、すごい言葉遣いだね。品がない。親御さんは学費、ちゃんと払えるのかなあ」

「心配してもらわなくても、俺は特別奨学生枠で入ったんだから大丈夫です」

「お利口なんだねぇ～」

受付員の一人がからかうように肩を竦《すく》める。

「バカ、奨学生枠希望者なんてロウクラスのシジミチョウくらいしかいないからだろ」

（なんだよ、こいつら！）

最初は親切そうだったのに、ロウクラスだと分かったとたん手のひらを返した受付員へ、翼は怒りが湧いてきた。拳をきゅうっと握りしめ、小さな口をへの字に曲げて二人を睨んだが、彼らは足下で小犬が吠えているのを見たような顔で、せせら嗤《わら》っている。

――翼、母さん反対よ。あんな上流クラスの人ばかりの学校、苦労するだけでしょ。

星北学園を受験する前も、合格してからも母親に言われ続けた言葉が、翼の耳に返ってくる。とたんに翼は、たぎっていた怒りがすうっと失せていくのを感じた。

『分かってるよ、母さん。でも、もう決めたんだ。ごめんな……』

何度も母へ伝えた言葉が一緒に蘇ってきて、翼はゆっくりと深呼吸した。

「きみたち、僕の前でそんな口をきくなんて随分な度胸だね」

その時背後から聞こえてきた声に、それまでニヤニヤと笑っていた受付員が凍りついた。

（うわ、すごい美人）

振り向いた翼は、思わず眼を丸め、背後の上級生に見とれた。

モデルのように背が高く、細身の体にすっきりと制服を着こなしたその男は、少し長めの薄茶色の髪に黒い瞳をびっしりと覆う長い睫毛、桜色の唇に柔和な笑みを浮かべた美しい生徒だった。その穏やかな笑顔に見覚えがある気がして、翼はハッとなった。

（そうだ、あのテレビ番組……）

翼がこの学園への入学を決意した番組で取材を受けて、『かつて首席で学園を卒業したベニシジミがいたんですよ』とにこやかに話していた生徒だ。思い当たると、翼の小さな心臓は興奮でどきどきと音をたてはじめた。

「ま、真耶《まや》さん、違うんです。ただこいつがロウクラスだって言うので……」

「だからなんだって言うの？」

真耶と呼ばれた上級生が、柔和な顔から微笑を消し、黒い瞳を鋭く光らせた。とたん、受付員二人は顔を青くした。

「奨学生枠を自力でとった努力家の彼を、汚い言葉で中傷するなんて侮蔑《ぶべつ》に値するよ」

真耶が黒い双眸をすうっと細めると、その体からは冷たい凄みがほとばしる。

「あんまりおイタをするんなら……刺すよ」

「も、申し訳ございませんッ！」

上級生たちがほとんど泣き声で叫び、その場で受付机にひれ伏した。

「まあまあ、マヤマヤ、あんまり脅すもんじゃないよ。許してあげなって」

凍った空気に水を差したのは、見上げるほど背が高く肩幅の広い上級生だった。癖のある焦げ茶の髪で、眼鏡の奥に覗く眼はアーモンド型。鼻筋の通った日本人離れした美形だ。肩幅の広い男らしい体は、華奢で小柄な翼にとってはため息が出るほどうらやましい。

「きみは甘すぎるよ、兜《かぶと》」

「真耶タンが怖すぎるんだよ～、いや、さすがスズメバチは攻撃的だなぁ」

「お言葉だけど、僕は穏やかなヒメスズメバチだよ。きみらカブト虫は図体ばかり大きくて天敵知らずだから……」

「まあまあ、太古の歴史を人類の歴史に持ち込むのはやめにしようよ、女王様」

「きみが始めたんだろう！」

美形二人のやりとりをぼんやり眺めていた翼だったが、不意に兜と呼ばれた上級生に肩を抱かれ、寮の中へ連れこまれた。

「きみがシジミちゃんだね。かわいいなぁ。シジミチョウの子と会うのは初めてだよ。オレは兜甲作《こうさく》。ヘラクレスオオカブト出身でここの寮長。で、こっちの怖ぁいお兄さんが」

「怖いは余計だ。副寮長で、ヒメスズメバチ出身の雀《すずめ》真耶だよ。青木翼くん、よろしくね」

微笑《ほほえ》んだ真耶からは怖い雰囲気が消え、柔和になる。

（この人たちは……俺がロウクラスでも、嫌いじゃないみたい）

やっと緊張が解けて、翼もほっと微笑み返していた。


真耶が部屋へ案内してくれることになり、翼は大きなスポーツバッグを両手で抱えてついていった。ドゥーベ寮は広く、一階には食堂や共同風呂、トレーニングルームや図書室まであり、二階から上が居室で七階建てだ。収容人数は二百人になるという。

「一年生は二人部屋、二年生から個室なんだ。初めは不自由するだろうけど、我慢してね」

真耶は翼を振り返り、少し心配そうにつけ足してくる。

「こんなこと言いたくないけど……きみの出身のことで、寮内でうまくいかないこともあるかもしれない。そんな時はすぐ、相談してほしい。できるだけ対処するつもりだよ」

「あ、ありがとうございます」

翼は素直にうれしくて、満面の笑みになった。ハイクラスばかりが集まる星北学園への受験を決めた時から、ロウクラスだからと差別されることはある程度覚悟していた。

（ちょっと怖いとこもあるけど、真耶先輩はすごくいい人みたいだ）

味方がゼロというわけじゃない、それだけでも前途が明るく思えてくる。

「受験の問題にも出ただろう？　僕ら人類がどうして、節足動物との融合をはかったのか」

「生態系と文明の危機に瀕した人類が、より強い生命力を持つ節足動物門と意図的に融合をはかった……？」

「花丸回答だよ、さすが奨学生」

真耶は眼を細めて笑ったが、すぐに真面目《まじめ》な顔になる。

「北半球への巨大隕石の落下、その余波で千年の氷河期を経《へ》て……生き残った人類は節足動物と融合していたんだよね。でも、本来の節足動物門には階級なんてないんだよ。それなのに、出身の起源種で差別するなんておかしい。階級づけや差別をするのは人間だけ」

「でもハイクラスの人のほうが、特殊な能力を多くのこしてるから上流になったって聞いたことありますけど……」

文明滅亡以前の人類には、節足動物――すなわち、クモやサソリ、チョウやハチのような能力はなかったという。今の人類は、生き残るために節足動物と融合し、新しい能力、生態を身につけて発展してきた新しい人類なのだ。文明が完全に人類滅亡前の状態に戻った今でも、節足動物との融合で引き継いだ特殊能力は薄れておらず、たとえばシジミチョウの翼は少しの間なら翅《はね》を出して飛ぶことができる。

「生態系は持ちつ持たれつだよ。ロウクラスはハイクラスをやりこめる力を持ってるんだ。それに、うちの歴代首席者にはベニシジミがいたこともある。きみには頑張ってほしい」

「お、俺、テレビで見ました。先輩が取材受けてるとこも！」

胸がかあっと熱くなり、翼は大きな眼いっぱいに期待をこめて真耶を見上げた。

「あの番組見て、この学校に来たいと思って……」

「本当？　うれしいよ、そう言ってもらえたら」

真耶が眼を細めた。翼の胸に、初めてあの番組を見た時の焦げるような気持ちが蘇ってくる。

「あの番組に出てたメキシカンレッドニーの人、俺、あの人の言葉に勇気づけられて……勉強頑張れたんです。一度、会ってお礼が言いたくて」

知り合いなら会わせてくれないかと翼は期待したけれど、真耶は一瞬考え込むような顔をした。

「レッドニーは確かにいるけど……翼くんは、タランチュラと接したことってある？」

翼はきょとんとし、小首を横に振った。スズメバチと会うのだって、真耶が初めての翼だ。ハイクラスなんて、この学校に来るまで病院の医者くらいとしか接したことがない。

「悪いことは言わない。もし彼を見かけても、近寄らないほうがいいよ。タランチュラって種はね、獰猛なハンターだから。つかまったら、食べられちゃうからね」

（た、食べられる？）

翼はこくりと細い喉を鳴らした。

「い、いくらタランチュラだからって、見境なく食べたり……」

「するんだよ。基本的に来るもの拒まずの種族なんだ。きみはシジミチョウだし、ますますやめておいたほうがいい」

「シジミチョウだと危ないんですか？」

「小型チョウの独特な匂いは捕食者を夢中にさせることがあるからね……」

意味が分からず、翼は大きな眼をまたたかせた。とにかく、近づいたら食べられるらしい。

「食べられるって……頭からバリバリ……？」

「頭からなにからきみの大事なところも全て」

（大事なところってどこだろ？）

翼はよく分からずに眼を丸めたが、

「とにかく、この寮の三階の東の部屋には絶対、絶対に！　近寄らないで、ね？」

真耶の迫力に圧されて、とりあえずうなずいたのだった。

やがて翼は、二階の五号室に案内された。ここがきみの部屋だよと言われた部屋のプレートには、ルームメイトの名前も貼られている。白木央太《しらきおうた》、というらしい。

（ロウクラスの俺とも、友達になってくれるようなヤツかな）

受付で差別を受けた一件を思い出し、翼は再び緊張してきた。と、突然五号室の扉の奥から、うえええええっと獣の鳴き声のようなものが聞こえてきた。真耶が眉を寄せて扉を開く。とたん、なにか栗色のものが真耶の胸に突進してきたのが見えた。

「真耶兄さま！　ぼ、僕、お、お家に帰るぅ！」

「……央太、いい加減にしなさい」

どうやら、真耶の胸に飛び込んできた少年が白木央太——翼のルームメイトらしい。

真耶ほどではないが翼よりは背が高く栗色の髪の毛、虹彩の薄い茶色の眼に白磁の肌の美少年だ。その美少年は、鼻水をたらし眼をまっ赤にして泣きじゃくっている。

「真耶兄さまもパパもママも……ひどいよ！　寮に入らないようにしてくれるって言うから高等部に残ったのに……僕が、大きな男の人たちが怖いって知ってるでしょ？」

（な、なんだあ、こいつ……高校生にもなって、パ、パパ？　ママ……。これ、ハイクラスじゃ普通なのか？）

庶民育ちの翼は、央太の甘えた口調にびっくりしてしばらく呆然とした。

「お父様は、央太のことが心配で入寮を促されたんだよ」

それにしても『大きな男』と言うが、翼から見れば央太も十分背がある。しかし央太は、

「カマキリとかムカデとか、大きくて怖い人と同じ部屋になったら僕死んじゃう……！」

と泣きわめいている。落ち着いてくると、翼にはその姿が近所にいた自分より年下の子どもたちと同じように見えてきた。

「もうお家に帰る、帰るったら帰るんだもんっ」

真耶がちらりと翼に視線を向けてきた。すまなさそうなその顔に、どちらかというと世話焼きの翼もついほうっておけなくなった。

「おい、お前。忙しい先輩を困らせちゃだめだろっ」

翼はひとさし指を伸ばし、央太の額を軽く弾いた。それは近所で、小さな子どもの喧嘩《けんか》の仲裁に入った時にしていたことだ。腰に両手をあてて睨みつけると、央太のほうが背が高いので自然と上目遣いの格好になる。

するとと央太はぴたりと泣くのをやめ、眼を丸めて翼を見つめてきた。

「……きみ、誰？」

「お前のルームメイトだよ。お前もう高校生なんだから、そんなんで泣いたら恥ずかしいぞっ。俺のこと、そんなに怖いかよ？」

子どもを叱《しか》るように翼が言うと、央太は完全に涙をひっこめたようだった。

「わあ……きみ、僕よりちっちゃい……かわいい……」

「央太、彼は青木翼くん。きみのルームメイトだよ」

真耶がすかさず紹介すると、央太は頬をぱあっとばら色に染めた。

「本当？　きみが同じ部屋なら、僕ここにいる！　きみちっちゃくてかわいいもん」

そう言って央太が抱きついてきたので、翼は驚いてしまった。かわいらしい見ために反して、やはりハイクラス種だ。央太の力は翼よりずっと強く、ぎゅうぎゅうと抱きしめられると息ができない。

「僕は白木央太！　スジボソヤマキチョウだよ！」

スジボソヤマキチョウは黄色の翅を持つチョウで、ツバメシジミよりよほど大きなハイクラス種だ。真耶はくすくすと笑っている。

「いきなり懐かれちゃったね。部屋配分、間違ってなかったな」

（嫌われるよりはいいけど……ハイクラスって、よくわかんねえ！）

央太はやっと腕の力を緩めてくれたかと思うと、子犬のような潤《うる》んだ眼で見つめてきて、

「翼、さみしいから僕と一緒のベッドで寝てくれる？」

「バカ、一人で寝ろっ」

思わず、翼は叫んでいたのだった。

二

入寮の翌々日の昼休み、入学式とオリエンテーリングを終えた翼《つばさ》は、央太《おうた》と一緒に星北学園の学生食堂を訪れていた。

「翼と同じクラスでよかったあ。僕、毎年なかなか友達できないんだ」

央太がランチのトレイを置きながらご機嫌で言うのに、翼は「俺も」と笑い返した。

星北学園には三つの食堂がある。そして、そのうち最も広いのがここ『キュイジーヌ・オリオン』だった。天井は高く片壁は一面ガラス窓で申し分のない採光。広々した面積に白いテーブルと椅子が優雅に並び、ハイクラス種の華やかな学生たちで溢れかえっている。

ランチの内容はサラダに季節の素材を使ったスープ、肉料理か魚料理を一品カウンターで選び、デザートとパンに副菜がついて、九百円もする。

(学食って普通五百円以下だろ！　しかも学食に『キュイジーヌ・オリオン』……。ハイクラスのセンスって謎すぎるぞ)

クラシック音楽の流れる優雅な食堂で、翼は一人ため息をついた。学費と寮費は特別奨学金から出るが、生活費の大半は家からの仕送りに頼っており、実家が下町で小さな商店をやっているだけの翼は一銭も無駄遣いができない。

「豚ヒレ肉のブレゼ、美味《おい》しそう。僕好きなんだあ」

（茹で豚に野菜のってるだけだろ……ブル……ってなんだよ。ハイクラスって毎日こんなもんばっかり食べてんのかなあ）

央太は陽気なものだが、翼は早くもハイクラス文化に食傷気味だった。

「あれっ、翼、なにそれ」

央太が好奇心丸だしの顔で、翼の手元を見つめてきた。翼は手のひらに、なんの変哲もない白いカプセル錠剤を三つのせていた。

「カルシウム。背、伸ばすの」

「翼はちっちゃいほうがかわいいのにぃ」

残念がる央太を尻目に、翼は錠剤を飲みこんだ。

「……おい、本当にシジミチョウがいるよ。同じところで食事したくないね」

「下等種は下等種らしく、安い公立にでも行けばいいのに」

ふとそんな話し声が聞こえ、食堂のあちこちから視線を感じて翼はナイフとフォークをとめた。聞こえよがしの侮蔑と中傷に、傷つくよりも「またか」と思った。オリエンテーリング中の教室でも廊下でも、同じような噂と失笑を買いつづけた。教室で自己紹介した時には一瞬場が凍り、あからさまな嫌悪と敵意の視線を向けられた。

「な、なんかやな雰囲気だね……？」

央太がおろおろとあたりを伺っているが、翼はかまわず、茹でた豚肉にフォークを突き刺した。

「どうでもいいよ。人のこと気にしてても仕方ないしな」

「つ、翼って強いよね……」

感心したように言う央太に、そうじゃないと翼は思った。

（強いっていうより……俺には時間がないだけだ）

けれどそれは口にせず、翼は話題を変えた。

「それよりさ、央太って真耶《まや》先輩ともともとから知り合いなのか？　親しそうだったよな」

央太は女の子みたいにパンを小さくちぎり、一つ一つスープにひたしながらうなずく。

「僕、小等部からの持ち上がりなんだ。入寮は高校からだけど……真耶兄さまとはずっと通学バスが一緒だったの。バスではよくカマキリやトノサマバッタにいじめられてて、真耶兄さまがいつも助けてくれて。真耶兄さまの毒針にやられた連中は病院送りに……」

「おいおい、なんか物騒な話になってるぞ」

ハチ種出身者の多くは爪の先や髪の先端に毒針を隠している。スズメバチの毒は猛毒で、彼らは数種類の毒を使い分けるけれど、使用が許されるのは正当防衛の場合のみだという。

スズメバチ種も当然ながら絶対的なハイクラス君臨者であり、昨日、受付員に見せた真耶のどす黒い空気を思い出した翼は、思わず細い体を震わせた。

「あ、あのさ。小等部からいるんだったら、この学校にいるメキシカンレッドニー・タランチュラのこと、なにか知らないか？」

真耶には近づくなと釘を刺されている翼だけれど、この学校に入るための努力はレッドニー・タランチュラの彼に会うための努力だったから、やっぱり諦めきれなかった。央太はびっくりしたように翼を振り返ってくる。

「それって、七雲澄也《なぐもすみや》さんのこと？　翼、澄也さんのことなんて興味あるの？」

「知ってるのかっ？　七雲澄也さん……っていうのか？」

翼が身を乗り出すと、央太はなぜか赤くなり、もじもじしながら眼を逸らしている。

「知ってるけどぉ……翼、やめたほうがいいよぉ、あの人はぁ。タランチュラは狩りグモだよ？　それにさ、彼らの誘引フェロモンってすごいっていうか……尋常じゃないから」

「入院減るもん？　なに、それ。病気治るのか？」

翼はとぼけた返答をして、眼をしばたいた。

「えーそんなの、恥ずかしくって説明できないよう。中学の保健体育で習ったでしょ？」

「俺、知らないよ。中学ほとんど行けなかったんだもん」

翼の言葉が意外だったのだろう。央太が眼を見開いたので、翼は（しまった）と思った。

『体が弱かったから行かせてもらえなかった』なんて言ったら、『どうして？　なんの病気？　今は大丈夫なの？』と、訊かれるに決まっている。訊かれれば訊かれるほど、嘘を重ねなければならなくなってしまう。翼は慌てて、早口でまくしたてた。

「うちの中学、風邪《かぜ》とインフルエンザが毎年ずっと流行《はや》ってて、学級閉鎖が続いてたから」

「……風邪とインフルエンザで、学級閉鎖？」

央太が眉を寄せ、翼をじっと見つめてきた。

（やばい、もっと上手《うま》い嘘つくんだった……）

思わず眼を逸《そ》らしそうになった時、ブラウントパーズのようなきれいな眼を潤ませて、央太が「かわいそう」と呟《つぶや》いた。無邪気《むじゃき》な央太にほっとしつつも、騙したことが申し訳なくて翼はこっそり胸を痛めた。

「でもとにかく、澄也さんは異常だから近づかないほうがいいよぉ。ついこないだも、ベッコウバチの先輩が澄也さんを食べようとしたんだけど」

「ベッコウバチって……タランチュラの鷹？」

ベッコウバチは世界最大級のハチで、タランチュラの鷹という名前でも呼ばれている。卵をクモに産みつける習性を持ち、孵《かえ》った幼虫はクモの体を食べて育つという。千年の氷河期の中で、このハチもヒトとうまく融合した。さすがに、ベッコウバチ種の人間がクモ種の人間に卵を産みつけるわけではないが、その優劣関係は大抵ベッコウバチ種の勝ちだと言われている。

「でも勝ったのは澄也さんだったんだ。澄也さんの誘引フェロモンが強すぎるから、真耶兄さまも頭抱えちゃって……部屋に無理やり、巣を張らせたくらい」

「巣って、なんのために？」

「んもう～、翼ってばどうしてそんなにウブなのぉ～」

央太は真っ赤になってじたばたした。わけが分からず、翼は眉を寄せる。

「真耶兄さまがね、巣にかかるのしか食べちゃだめってことにしたの。巣は澄也さんの部屋に張らせて。それだとよっぽど自信がないと、かかりに行けないでしょ？」

「自信って味にか？　自信あるやつってわざわざ自分の体かじって味見してんの？」

大体、食べるとはなんのことだろう。タランチュラは捕まえた獲物の腕でもかじって楽しむのかな、と翼は見当はずれのことを考えて首をひねる。

（でも今聞いた話だと、真耶先輩、やっぱりあの人のことよく知ってるみたいだな）

デザートの苺ムースを小さなスプーンでちまちま食べながら考えていると、向かいの席にトレイが置かれた。

「やあ、お姫様たち。二人で仲良く食事かい？」

「もう終わっちゃったみたいだね」

眼の前に腰を下ろしたのは、兜《かぶと》と真耶だった。二人はこれから食事のようで、手つかずのランチが皿の上でほかほかと湯気をあげている。

「先輩たちは、遅いお昼なんですね」

「僕らは生徒会があったからね」

真耶がにこやかに応えたので、翼は驚いてしまった。

「寮長、副寮長もしながら、生徒会もやってるんですか？」

「僕はただの書記だけど。大変なのは兜だよね。生徒会長と寮長の兼任だから」

「我が校のかわい子ちゃんたちのことを思えば、なんてことはないのさ」

兜が眼鏡の奥でアーモンド型の瞳を細め、豪快にワハハと笑った。

（そういえば政治家には、カブトムシ種が多いんだっけ）

同じ昆虫には天敵がいないと言われるカブトムシを起源種に持つためか、カブトムシ出身者の多くはどっかりと落ち着いていて、いかにも王者の風格がある。

ふと翼は、食堂内の生徒がそわそわと落ち着きをなくし、「兜先輩だ」とか「真耶さん」と口にしているのに気がついた。

「ヘラクレスオオカブトの風格はやっぱり違うね……」

「真耶さんはお母様が女王バチのご出身……それがあんなロウクラスに構われるなんて」

羨望《せんぼう》と憧れをこめた視線が、兜と真耶の二人に集まっている。反対に、翼への視線はよりきつく剣呑《けんのん》になった。どうやら二人は人気者で、その人気者が翼のような下級種に構っているのが面白くないのだろう。

ふとその時、食堂内の雰囲気が急に緊張をはらんだものに変わった。

「おい、真耶。俺の部屋の鍵はどうした？」

翼のすぐ横に、骨ばった大きな手が突かれた。とたんに翼は、鼻先に甘い香りがよぎるのを感じた。一瞬目眩《めまい》を覚えそうなほど、濃密な香りだ。

「また失くしたの？　僕はきみの鍵係じゃないよ」

「誰が失くすか。盗まれたんだ。俺に文句《もんく》を言うくらいなら、巣にかかる意気地もないくせに鍵だけは持っていくアホウどもに文句を言え」

艶のあるバリトン。耳を通って心臓を貫き、腰のあたりまで響いてくる声だ。

「きみのくだらない色ごとに首を突っ込むのはまっ平だね」

イライラした様子の真耶をよそに、今度は兜がニヤニヤと声の主に話しかけた。

「澄也クン、ベッコウバチのかわい子ちゃんが最近きみが冷たいって嘆いてたよん」

バリトンの声の主はふん、と鼻で嗤ったようだった。

「もともと勝手に巣にかかったくせに、自分で来ればいい話だ。なんならお前にやるぞ」

「ちょっと、やめてくれる。食事中にそんな話」

真耶が本気で気分を害したように会話を遮り、ポケットから銀色にきらめく鍵を取り出した。翼のすぐ近くに置かれていた手がその鍵を受け取る。

「澄也、近いうちに部屋の鍵取り替えてもらうよ」

「勝手にしてくれ」

翼のそばを離れていく、体温と匂い。翼の小さな心臓はドキドキと脈打ち、今にもはちきれそうだ。突然なにかに突き動かされたように、翼は立ち上がって叫んでいた。

「す、澄也先輩！」

食堂が一瞬、凍りつく。真耶が眼を瞠《みは》り、兜がにやりと笑い、央太が口許を押さえた。

七雲澄也が振り向いた。背が高く、男らしく引き締まった体躯に長い足。赤みがかった黒髪の下で、振り返った双眸が琥珀にきらめく。甘いのにどこか鋭い美貌には壮絶なほどの色気とハイクラスとしての威圧感が溢れ、見る者を圧倒する。

（これが、タランチュラなんだ……）

翼はごくりと息を呑み、しばらくは言葉を忘れた。この学園にいるのはハイクラスばかり。誰もが華やかで体も大きく、支配する種としての存在感を持っている。けれど美しく優雅なスズメバチである真耶にも、逞《たくま》しく大らかで昆虫界の王者カブトムシの兜にも、澄也が持つまがまがしいほどの凄みと毒気はない――。

それは見る者を平伏させる圧倒的な存在感で、本能的に恐怖と畏敬を呼び起こす。

間違いなかった。彼こそが小さな実家の部屋で見たテレビに映っていた、あのメキシカン・レッドニータランチュラだ。

「あの、俺、去年先輩が出てる番組見ました、そこで……先輩の言葉に勇気づけられて、この学園に入って。先輩に会えたら、俺、お礼が言いたくて」

十五年の人生で、翼はこれほど必死になったことはなかった。

心臓は飛び出しそうだったし、頬は熱くなり眼は潤み、膝が震えていた。口の中が一気に乾いて、その場に倒れそうな気持ちになった。

狭い部屋の中で閉じこもっていた頃、生きてみたい、生きていることを誰かに知ってほしいと思っても、諦めていた自分が——この人のたった一言で変わろうと思えた。

『幸せな人間というのは、自分の人生を生ききったヤツのことだ』

あの時湧いた熱い気持ちが蘇り、翼の胸はいっぱいになる。

けれど澄也は、琥珀の瞳を冷たく細めただけだった。

「澄也、彼はうちの寮に新しく入ってくれたツバメシジミの翼くんだよ」

真耶が説明に割って入ったが、澄也はみなまで聞く様子《ようす》もなく、翼から眼を逸らしてしまう。

「俺はシジミチョウは嫌いだ。覚えておけ」

はっきりと言われ、翼はぽかんと口を開けて言葉を失った。澄也がもう翼に興味を失くしたようにその場を去り、緊張していた場の空気がとけると、あちこちから失笑が漏《も》れた。

「シジミチョウがタランチュラの澄也さんに話しかけるなんてねえ」

周囲の囁《ささや》きは翼にはたいしたダメージにもならなかったけれど、席につくと央太は心配そうに顔を覗いてきた。

「つ、翼、気にすることないよぉ……」

「なんなんだい、あの態度！　むかつく！」

真耶が豚肉をぐしゃぐしゃに切り刻みながらうなった。

「翼くん、ああいうヤツなんだよ、もう近づかないほうがいい。澄也なんて図体とアソコが大きいだけのただの子どもだからねっ。今度僕が軽く刺し殺しておいてあげるから！」

「先輩、殺しちゃだめですって」

ヒートアップしてきた真耶に、翼は慌てて苦笑を向けた。けれど知らず知らず、小さな肩が落ちていた。

グラスの水をぼんやり喉に流し込み、それから、この学園に入ろうと決めた時からずっと、ずっとずっと、七雲澄也に会えたら伝えようと思っていたことの半分も、伝えられていないことに気がついた。たった一言の、ありがとうさえも。

（なんか俺、勘違い、してたみたいだ……）

小さくため息をつく。央太が翼を心配しておろおろしているのに、翼は微笑みかけてみせた。

「大丈夫だって。ま、こんなもんだよな」

自分の道を自分で選びたいと思ったあの日から、澄也の言葉やその眼差しの強さを頭の中で繰り返し思い浮かべてきた。そのうちに、澄也にものすごく近くなった気でいたのかもしれない。

(だけど……シジミチョウが嫌いだから俺も嫌いっていうのは、きついな)

恵まれている自分の立場をただの境遇だと言い捨てた澄也なら、そんな理由で自分を疎むわけがないと、翼は思いこんでいたのだ。

(俺自身のこと、見てもらえるって……認めてもらえるって、勝手に思ってたな――)

いつの間にか予鈴が鳴り、午後の授業に向かうため、大半の生徒が席を立ち始めていた。

「ねえねえ翼、共同風呂行こうよぉ」

二人のスペースを区切るカーテンから顔を出し、央太が声をかけてきた。時刻は夜の七時。登校初日を終えて帰寮した翼は、デスク上にガイダンスでもらった資料を広げていた。

「風呂って……部屋にもついてるだろ?」

「そうだけどさ、共同のお風呂って温泉みたいに広くて気持ちいいらしいよぉ」

二人一部屋とは言っても真ん中に二段ベッドが置かれ、それぞれ相手のスペースは見えないようになっている。ベッドから余った場所にはちゃんとカーテンも吊るされて、プライバシーは完全に守られた作りだ。

この部屋にはトイレと一体になったユニットバスもついているが、寮の一階には大きな共同風呂があり、屋内風呂だけじゃなく露天風呂まで完備しているというから驚きだ。

「お風呂に入ってさ、嫌なこと全部流しちゃおうよっ、ね」

にっこり笑う央太が、昼間澄也に無視されたり周囲から白い眼で見られたりした自分を気遣ってくれていると感じて、翼は胸が温かくなる。

(ありがとな……、央太)

央太の気持ちがうれしくて、翼は元気よく立ち上がった。

「よし、じゃあ、俺がお前の背中流してやるよ」

「わーい、流しっこしよ」

翼は上機嫌の央太と二人、タオルと着替えを持って廊下へ出た。

「でも意外だったなぁ、翼があのテレビ番組見て、星北に入学決めてたなんて」

どうやら央太も、真耶が出るからという理由で同じ番組を見ていたらしい。

「だって僕なら絶対選ばないよぉ。寮に入るのやだったもん。パパやママと離れるのさみしかったし。ねえ、翼のパパとママってどんな人？」

能天気に訊かれて、翼は答えに詰まった。不意に耳の奥へ、母親の声が返ってくる。

——翼は、なんにもしなくていいの。

黙ってしまった翼を、央太が不思議《ふしぎ》そうに見つめてくる。翼はにっこり笑い返した。

「普通だよ。普通の、親父《おやじ》とお袋」

翼のパパとママならいい人だろうね、という言葉に曖昧《あいまい》に笑いながら、ふと翼は視線に気がついて足を止めた。見ると、前方から背の高い男が一人歩いてくるところだ。男は人形のように整った顔をしており、翼をじろじろと眺めてきた。

「……なんですか？」

ぶしつけな視線に、負けん気の強い翼はつい訊いてしまった。男は薄笑いを浮かべ「べつに。珍しかっただけ」と眼を細める。とたん冷たく見えるほど整った顔に凄みと色気が加わり、翼の背後で央太が身を竦めた。

「お前、食堂で澄也に話しかけてたシジミチョウだろ？　いや……ほんとみじめな姿してるね。澄也もいい迷惑だったろうなと思って」

すれ違いざま厭味を言って、男は立ち去っていった。横で央太が「噂のベッコウバチの人。たしか名前が飴宮《あめみや》さん」と教えてくれた。

「澄也先輩を食おうとして、逆に食われたって人？」

さすがタランチュラを狩るほど獰猛な狩人バチが起源種なだけあって、背は澄也と並ぶほど高いが、体つきはヒメスズメバチの真耶と同じでほっそりと優美だった。

それにしても、やなヤツ、と翼は腹が立った。

（澄也先輩に話しかけたくらいで、厭味言ってくるわけ？　俺がロウクラスだからかよ）

頭の中に『シジミチョウは嫌いだ』と言った澄也の声がリフレインし、翼は体の奥底がじわっと痛むような気がした。けれど顔をあげると央太が心配そうな顔をしていたので、翼は慌ててにっこり笑ってみせた。

「大丈夫。やなヤツだなーって思ってただけだよ。さ、風呂行こうぜ」

気にしたって仕方がない、俺には時間がないんだから。翼は気持ちを切りかえると、小さな体をぶつけるようにして央太を風呂場へと急《せ》きたてた。

共同風呂はリゾートホテルのように設備が整ってきれいだったが、脱衣所の棚に並んだ脱衣籠はどれも空っぽで、人気はいまひとつらしかった。

「二年生になると、部屋のお風呂がユニットじゃなくなるんだって。体の大きな生徒でもゆったり入れるバスタブがつくらしいよ」

不人気の理由はそれのようだ。下手《へた》なホテルよりずっと豪華な寮の設備に、翼はため息をついた。つくづく世界が違うと思う。

と、裸になった央太が突然身震いし、肩胛骨の下からばさっと黄色い翅を広げた。流麗な形の四枚翅、中央にはそれぞれ橙色の小紋があり、前翅の黄が特に鮮やかで美しい。明るい性格の央太にはぴったりの、華やかながら素朴な翅だ。

「なんか、一日一回は翅広げとかないと肩凝っちゃって、ちょっと体操させてね」

央太は下も脱ぎながら翅をひらひらと動かし、やがて肩胛骨の裏側へ元通り翅をしまいこむと先に入ってるね、と浴場へ向かっていった。一人になると、翼も背中にぐっと力をこめた。

「……ん」

背筋にぶるっと震えが走る。肩甲骨の裏側から背に向けて折りたたんでいたツバメシジミの翅を広げると、ずっと曲げていた四肢を伸ばした時のような解放感を感じる。翼の翅は鮮やかな瑠璃色だが、後翅の下が黒っぽい斑になっている。とはいえよっぽど注意しなければ分からないことを確認し、翼はほっと薄い胸を撫《な》で下《お》ろした。

「薬、効いてるみたいだ……」

翅をしまいこんで浴場へ入ると、すぐそこで体を洗っていた央太が「あっ」と声をあげた。翼が近づくと、央太の顔が見る間に茹だって赤くなる。

「あ、あ、なんだ、翼かぁ。入ってきた一瞬だけ、翼が女の子に見えちゃったから……」

どきりとして、翼は央太を見た。

「こら、俺が小さいからってバカにすんなよ」

「えー、そんなんじゃないよう。あ、翼、背中流してあげるねっ」

翼は央太の隣に座り、素直に小さな背中を向けた。外に出たことがあまりなかった翼の背は白い。央太は鼻歌混じりに洗いだしたが、ふとその手が止まりなぜか上ずった声で呟いてくる。

「な、なんか翼のせ、背中って……かわいい」

「なに気色悪いこと言ってんだよ。ほら、お前の番。貸せよ」

突然妙なことを言いだした央太には構わず、翼はスポンジを奪い取った。央太はうれしそうに背中を向けたが、央太の背中もハイクラス種にしては小さく細く、かわいらしい。

翼は央太の耳の裏も洗ってやる。

「ここもちゃんと洗わなきゃだめだぞー」

央太はくすぐったがってきゃっきゃと声をあげていたが、突然身をねじって反撃とばかりに翼の耳裏も擦ってきた。

「わ、やめろって、くすぐったい。……んっ」

こそばゆくて身を竦めたとたん、央太がぴたりと動きを止めてまっ赤になった。

「ご、ご、ごめんっ」

央太は湯をかぶり、逃げ出すように浴槽に飛び込んでしまった。髪を洗ってから追いかけた翼は、顔半分まで湯につかってまだ赤面している央太の隣に腰を落ち着ける。

「お前どうしたんだよ？　のぼせたのか？　水持ってきてやろうか？」

央太は眼をうるうると潤ませている。なぜか、翼の顔を見ようとしない。

「翼……なんかつけてる？　香水とか、そういうの」

「は？　なんで風呂に入るのに香水なんかつけるんだよ」

「だ、だよねぇ。僕がおかしいんだよ……ね」

　央太はまっ赤な顔のまま、ぶくぶくと湯の中に沈んでいった。

　結局風呂を出るまで央太は上の空だったけれど、翼は多分のぼせたんだろうと結論した。

　部屋に戻る廊下の途中で、二人は大きなスクラップブックを抱えた真耶と出くわした。

「真耶兄さま、それなあに？」

　央太が不思議そうに訊くと、真耶はスクラップブックを開いて見せてくれた。

「二年生に、昆虫写真の撮影が趣味の子がいるんだよ。珍しいものが撮れたっていうから借りてきたんだ。ほら、央太のご先祖様もいるよ」

「うわー、スジボソヤマキチョウだ」

　青空を映しこんだ水溜りに、スジボソヤマキチョウの集団がとまって吸水している。明るい光に、華やかな黄の翅が透けて美しい。

「彼らは集団で吸水する癖があるんだ。さみしがり屋の央太みたいだね」

　翼が真耶の冗談に同意して笑うと、そうかなあと央太は頬をふくらませた。

「珍しい写真っていうのはね、翼くんのご先祖のツバメシジミのものだよ。ほら」

　真耶が付箋のはられたページを開くと、そこには大きく引き伸ばされた写真が貼ってあった。ヨモギの枝先にとまり、翅を広げたツバメシジミチョウのベストショット。後翅の尾状突起が、ツバメと名のつけられた所以《ゆえん》だ。

「わあ、翼のご先祖様、かわいいいね。でもこれってオス？　メス？」

ツバメシジミのオスの翅表は、瑠璃色一色に縁だけが黒い。反対にメスの翅表は黒く、後翅の尾状突起の上に橙色の点があるのが特徴だ。しかし写真に写っているのは瑠璃に黒っぽい斑の翅、尾状突起の上に橙の点があり、オスメス両方の特徴が混ざっている。

「性モザイクだよ」

真耶がにこやかに答えた。

「ジナンドモルフって言ってね、雄と雌の組織が入り交じっている個体のこと。出現する確率は一万分の一とも言われていて、成虫まで育つことさえ難しいんだ」

央太が大きな眼をぱちぱちとしばたく。

「じゃあ、ムシを起源に持ってる僕らの中にも生まれるの？」

「ごく稀《まれ》にね。とはいえ、基本的に性モザイクは体が弱いし、短命で長く生きられない」

息が乱れてないか、体が震えてないか。翼は混乱して自信がなくなった。

眼の前が真っ暗になった気がして、ふと央太が顔を覗きこんできた時、いつものように笑顔になることができなかった。

「どうしたの、翼。顔、まっ青だよ？」

心臓が激しく鼓動し、翼は引きつった笑みを浮かべて首を横に振る。

「なんか湯あたりしたみてぇ。ごめん。俺、もう戻る」

央太と真耶がなにか言いかけたけれど、翼はそれより先に踵を返した。

（バカ、いくらなんでもこの態度は怪しまれるだろ）

そう思うのに、逃げ出したくて足が止まらない。翼は駆け足で階段を上がった。

――どうして翼なの。

幼稚園に入ったばかりの頃、大きな病院に連れて行かれて一日中検査をされたことがあった。帰ってきた日の夜に母親は台所で泣き、父は黙って酒を飲んでいた。

――大人になれるまで生きていられるか分からないって。もし大人になれても、そう長くは生きられないって。どうして翼なの。どうして翼が性モザイクだなんて。

（性モザイク？　俺って普通じゃないの……？）

こっそり聞いていた翼はまだ幼くて分からなかった。それがムシを起源に持つ人類にしかけられた小さな罠だと知ったのは、ずっと後だ。

走りすぎて息苦しくなり、翼はよろよろと廊下の壁に手をついた。失敗した、と思う。

（バカ、俺。こんな場面は何度も想定して、上手く流そうって決めてたのに）

医者からは数ヵ月分のホルモン安定薬をもらっている。きちんと飲み続ければ、女の特徴は一切出ないからばれる心配なんてないのに。

額の汗を拭い部屋に戻ろうと辺りを見回したところで、翼はここが三階なのに気がついた。どうやら焦って一階上まで上がってきていたらしい。ふと、廊下にシャツが落ちているのが見えて、翼は小さな頭を傾げた。襟には三年生のピンが刺してある。よく見たら、数メートル先にベルト、さらに先にズボンまで落ちていて、翼はそれを拾って歩いた。

「だらしないやつだなー……」

脱ぎ捨てられた靴下を拾おうと身を屈《かが》めた時、頭上から甘い声が聞こえてきた。

「あ、ああ……ン、いい…っ」

翼は硬直した。廊下の窓際で、男が二人抱き合っているのを見たのだ。

髪を振り乱して片足をあげ、喘《あえ》いでいる男は入浴前に廊下ですれ違ったベッコウバチ種の飴宮だった。その飴宮の胸に舌を這《は》わせ、ズボンから取り出している太い性器で彼の後孔を突き刺しているのは——七雲澄也だ。

「あっ、ああっ、澄也のおっきい……！」

飴宮が感極まったように澄也の首にかじりつく。ぐちゅぐちゅと脳髄に迫る、卑猥《ひわい》な音。

翼は動くこともできなかった。体が弱くて小・中とまともに登校していない翼には、一緒にアダルトビデオを見るような友だちはおらず、性にも淡泊でウブで物知らずだった。けれど立ち去れないのは、いきなりどぎついセックスシーンを見たショック以上に、澄也の体から溢れる甘い香りにやられたせいだ。澄也からは、昼間以上に濃く、強い香りが匂ってくる。その香りが翼の体に毒のように回って、足を麻痺させている。

よがり狂う相手の腰を摑み、澄也が激しく性器を突き入れた。その一瞬、澄也がちらりと翼を見た。翼は呪縛が解けたようにハッと我に返ると、持っていた衣服を投げ出した。見ているところを、見られた。逃げるように駆け出した拍子に、足をからませてつまずく。なにかに捕まろうと手を伸ばし冷たいドアノブを摑んだが、あっと思った時には扉が開き、翼は見知らぬ部屋に転がり込んでいた。床に倒れた衝撃はなく、かわりになにか粘っこい——ゴムのような弾力のあるものに頭から突っ込んだ。

「えっ、ええっ、うわっ！」

起き上がろうとすると縄状のものがねばねばと手足へからみつき、動きを封じられる。

(うそっ、な、なんだよこれ！)

部屋が暗くて見えないけれど、頭の隅に嫌な考えがよぎった。もしかして、いや、もしかしなくても——。

「あああーっ」

廊下から、飴宮の感極まった絶叫が聞こえてきた。にっこり笑う真耶の姿が、ふと蘇る。

『この寮の三階の東の部屋には絶対、絶対に！　近寄らないで、ね？』

(ここ、三階の東の部屋だ……)

気がついた翼の全身が、一瞬で冷たくなっていった。

三

どうしよう、どうしよう、どうしよう！

（逃げないと！　でも、動けねえ！）

ねばねばの縄に絡まって身動きもとれないまま、翼《つばさ》は汗ばむほど焦っていた。情事はひと段落したらしい。喘ぎ声がぱたりと止み、部屋の中に人の入ってくる気配がある。

「澄也《すみや》、次はいつ相手してくれる？」

「気が向けば」

「もう。つれないよな」

そこがいいんだけどさ、とつけ加える声が遠ざかり、頭の上で電気が灯った。その部屋は翼が央太《おうた》と使っている部屋をそのまま一人部屋にしたくらいの広さで、セミダブルのベッドと勉強机のほかに二人掛けのソファが置いてあり、ロウテーブルの上にはどう見てもウィスキーボトル、それに煙草《たばこ》と灰皿。

（寮に酒や煙草は持ち込み禁止だろ……!?）

思わず眉を寄せた翼だったが、すぐ横に置いてあるコンドームの箱はなにか分からず、(チョコレート? 甘党なのかな)と呑気《のんき》に考える。中学にほとんど行っていない翼は、箱を見てすぐコンドームと分かるだけの知識がなかった。

と、背後で扉が閉まり、翼をからめとっている粘着質な糸が乱暴に引っ張られた。

「うあっ」

壁に張っていた巣が突然ほどけ、翼は頭から床に投げ出された。解放された糸は勢いよく縮んで翼の体に巻き戻り、気がつくと翼は糸でぐるぐる巻きにされて、床で蓑虫状態になっていた。

澄也は床に落ちたゴミのように翼をまたいで奥のソファに腰を下ろすと、煙草に火をつけている。開け放したシャツの襟ぐりからしなやかに鍛えられた胸板がのぞき、うっすらと汗ばんでいて、翼は澄也がさっきまで男を抱いていたことを思い出した。咽《むせ》るように甘い澄也の匂いが、今はこの部屋いっぱいに広がっている。翼はなぜか緊張し、心臓がドキドキと早鳴りはじめるのを感じた。

「あの……先輩、これはずしてくれませんか?」

部屋に入ってしまった手前、翼は一応控えめに申し出た。澄也は琥珀色の眼を細め、つまらなさそうに翼を見てくるだけだった。

「すいませんけど、はずしてくれませんかっ?」

いくら大きな声で呼びかけても動く気配のない澄也に、翼もだんだん腹が立ってきた。

「アンタさ、悠長に煙草吸ってるヒマあったらこれはずしてくれねえ？　俺、部屋に戻りたいんですけど！」

「俺の巣に自分からかかっておいて、はずせ？」

澄也が灰皿に煙草を押しつけ、立ち上がった。ただでさえ長身の澄也を床に這いつくばった姿勢で見上げると、ますます威圧感がある。爪先で肩を転がされ、翼は仰向けにされた。反転しようとする間もなく澄也の足に腹を押さえられ、身動きがとれなくなる。

「そんなに俺に食われたいのか？」

口の端で嗤われて、翼はムッとした。

「誰が好き好んで食べられるんだよ！」

反論したとたん、腹を押さえてくる澄也の足にぐっと力がこめられて、翼は思わず咳き込んだ。

「じゃあなぜ、巣にかかった？」

「アンタがあんなとこであんなことしてるから悪いんだろっ」

言いながら先ほどの艶めかしい情事の光景を思い出して、翼は頬をカアッと赤らめた。

「俺がどこでなにをしようが勝手だろうが」

「廊下は公共の場所だ！」

「知らないのかお前。タランチュラはな、地べたで食事するものだ」

澄也は嗤うと、いきなり翼の襟ぐりを摑んで引き上げてきた。

「……お前も食ってやろうか？」

わずかに息のこもった声が甘く、耳から背にぞくりとしたものが走り、翼は身震いした。食べるというのはどういうことだろう。きっと暴力だ。そう思いこんだ翼は、妙に意地になった。性モザイクでも男のはしくれなのだから、バカにされっぱなしで引き下がりたくない。怖くて心臓は激しく鳴っていたが、翼は腹を決めて澄也を睨み返した。

「食えるもんなら、食ってみろ」

澄也は眼を細め、いっそ酷薄に嗤った。

「たまには、いかもの食いも悪くないな」

翼をぐるぐる巻きにしている糸と糸の間に澄也が指を入れ、軽く持ち上げた。とたん、あれほど強力にからみついていた糸が簡単にほどけた。

ついに殴られるかと、翼は身を竦める。しかし拳は落ちてこず、かわりに物凄い力で持ち上げられてベッドへと投げ出された。身を起すより早く、白い糸を何十本もつらねた縄状のものが、翼の両手両足首を束ねるようにして絡みついてくる。糸はそのままベッドの支柱に巻きつき、翼は手足をベッドに拘束される格好になった。翼の上に覆《おお》いかぶさってきた澄也が、端麗な顔を歪《ゆが》めて嗤う。

「食い尽くしてやる。光栄に思え」

「縛るなんて卑怯《ひきょう》……ん、あッ」

不意に、澄也が翼の首筋に噛みついてきた。

（えっ……ちょっと、なに⁉）

噛まれたところから、痛みではない甘い震えがじわりと広がり、下腹部にも熱が灯る。同時に幼い性器がふくらみ、翼はびっくりして息を呑んだ。

（なに？　殴るんじゃ……ないの？　なんだよ、これ……っ）

「……タランチュラは数種類の毒を使い分ける」

噛んだ痕《あと》をねっとりと舐めながら、澄也がささやいてくる。澄んだバリトンに、首の裏がぞくぞくと震える。

「そのうち最もよく使うものが、媚毒だ。俺の歯の先からお前の体に入りこみ、お前をぐずぐず濡《ぬ》れの淫乱に変える。……天国を見せてやる」

暴れようにも、翼は体から力がぬけて抵抗できないでいた。澄也が半開きになった翼の口にキスして、前歯で甘く下唇を噛んでくる。

「……は、ん」

思わず息がこぼれる。噛まれたところから甘いものが広がり、体が小刻みに震えはじめる。着ていたTシャツの裾をめくりあげられ、翼は白い胸を空気にさらされた。

「乳首は朱鷺色か。遊んでないな」

小さく慎ましやかな胸の飾りを指先でつつかれ、翼はぴくん、と震えた。

「や……、な、なんでそんなとこ……あ」

澄也が琥珀の眼で舐めるように翼の乳首を見ている。それを見ると翼もなぜか体が熱くなり、ますます性器がふくれた。

「毒が回ってきたか？　ちょうどいい、ここにもいやらしい毒をたっぷり入れてやろう」

澄也が翼の乳首をくにっとこねた。とたん背筋を走る官能に、翼は性器の先端を濡らした。やがて澄也の爪先から白い柔糸が伸び、翼の両乳首にねっとりと巻きついてくる。

（お、俺、ヘン……ッ）

「あ、や、なに……っ」

「糸からも毒を刺せる。安心しろ、お前を縛る糸も、この糸も俺が作り出すものの中で最も柔かいものだ。俺はセックスで、相手を痛めつけるのは趣味じゃない」

「え、なに、セック……あっ、や……、ん！」

巻きついた糸がきゅうきゅうと翼の乳首を刺激しはじめ、翼は背を仰け反らした。こんなところがどうして感じるのか、翼の小さな乳首はすぐに赤く熟れてぷっくりとふくれる。いじられているのは乳首なのに、なぜかくにっとこねられるたびに下肢の性器にジインと快感が走って、翼はびくびくと震えてしまう。

「あっあぁ、なに……、これ……ぇッ、あ……んっ」

「お前男なのに、こうしたら胸ができるな……？」

澄也が両手で翼の胸の肉を寄せ上げた。男でも胸に脂肪のつきやすい人はいるらしいが、翼は性モザイクのせいか薄っぺらい体のわりに胸に淡く肉がのり、腰にもうっすらくびれがあった。肉を寄せ集められると、胸がふくらみはじめたばかりの少女のようにささやかな丘ができ、そのてっぺんで、まっ赤になってツンと上を向いた乳首が濡れている。

「いやらしい乳首だな」

「あっ……やぁ……ンン！」

寄せた胸を揉みしだかれ、乳首を口に含まれる。熱い舌先でくりくりと転がされるとたまらなくて、翼は頭を振って喘いだ。いつの間にかズボンも脱がされ、澄也が下着の中で硬くなっている翼の性器を長い指でそっとなぞる。先走りの蜜で、下着はもうぐっしょりと濡れていた。

「洪水だな」

澄也に嗤われ、翼は混乱して眼尻に涙をにじませた。今までの翼の人生に、こんな快感を感じた経験は当たり前だけれど、なかった。性感に翻弄《ほんろう》され押し流される体に、気持ちは戸惑うだけでついていけない。

「アンタが……あ、やらしいこと……す、はぁ、するから……ああ……っ」

「俺がやらしいことをしたから？　それは俺がお前の乳首をいじったからか？　お前は乳首でここをこんなに濡らしたのか？」

「ひ、ひど……」

澄也は完全に、翼をいじめているだけだ――。

「ひゃっ」

澄也が濡れて震える翼の性器を直に握り込んできたので、翼は腰を跳ね上げた。

「これもまったく使ってないらしいな」

「あっあぁあっ」

性器の先端を親指の腹で擦られて、翼の頭の中に射精感が高まった。力がぬけたとたん太ももに糸が絡み、左右に大きく股を開かされて恥ずかしい格好をとらされる。と、いきなり信じられないところに柔らかな糸束が侵入してきた。

「あっ……ちょ、なに、やだっ」

澄也の指先から生まれた糸束が、翼の狭い後孔の中に入ってきたのだ。糸束はぬめぬめと湿っており、内部で伸縮しては媚毒で中を濡らしながら奥へ奥へと入りこんでくる。翼がぐったりした体で身を捩じると、耳元で澄也がささやいた。

「大丈夫だ、お前を傷つけたくないから、やっている。すぐに気持ちよくなるから……」

澄也は翼を押さえつけ、宥《なだ》めるように優しくキスをしてくれた。

「ん……っ」

熱い舌が翼の咥内に入り、歯の裏側から舌の腹までていねいに舐められて、ちゅ、ちゅ、と水音が鳴る。口の端から唾液がこぼれ、乳首はぬめる糸にこねられ、濡れた性器は澄也の指で先端を擦られている。翼はひくんひくん、と背を震わせた。後孔の中で伸縮していた糸は中で緩く震えだす。とたん甘い痺れが下半身を襲い、糸が中で丸まって腹側を擦りはじめると、突然翼は下腹部に溶けるような甘さを感じて、大きく腰を踊らせた。

「んっんんんっ、んーっ」

快感に全身が熱して震えだし、尻が幼い動きでゆらゆらと揺れる。

(やだ、俺、どうして……)

でもだめだ。止まらない。

「大分濡れたな……ここに男が欲しくなってきたろう」

澄也が小さな後孔の入り口を押すと、中からぐしゅ、と濡れたものが染み出てきた。翼の内部はとろけて、浅ましくうごめいている。

(ほし……ほしい、なんか、わかんないけど……すごく、ほしい……っ)

熱くて大きくて硬いものが、奥にほしい。

「ああ……っ、んっ」

後孔から糸束がずるっと這い出る。その刺激だけで、翼は尻を揺らしてしまう。澄也の熱杭が入り口に押しつけられても、翼にはなにがなんだかよく分かっていなかった。

「あっ……、だめ、いた……っ、いたい……ッ」

けれど糸束とは比べ物にならないほど大きくて硬いものが侵入してきたとたん、後孔が痛んで翼は思わず下腹に力をこめた。

（なに、これ。どうなってんの。俺、なにされてんの……）

頭の中が混乱でぐちゃぐちゃになり、けれど体だけは熱に浮かされたようにコントロールが効かず、翼は怖くなった。眼には涙が浮かびあがり、つい子どものようにしゃくりあげていた。

「い……いや、やだ、怖い」

「大丈夫だ、壊したりしないから……」

澄也の囁き声は、信じられないほど優しかった。初めの意地の悪さなんて、かけらもない。宥めるように頭を撫でられ、こめかみにキスされた。痛みで潤んだ瞳を開けると、熱を灯した琥珀の瞳がじっと翼を見つめている。

「せんぱ……い」

荒れた息の合間に、翼は他にすがる人もいなくて、澄也を呼ぶ。

「い、いた、痛くしねえ……？　ほんとに……？」

「ああ……優しくするから、安心しろ」

「う、うん、せんぱ……」

ついばむように口づけられ、小さな頭をかき抱かれて撫でられるとなぜか安心し、翼は知らず知らずのうちに腹を緩めていた。すると、澄也がゆっくりと中へ入ってきた。

「ん、ん……っ、んっ」

それでもきつくて、涙がこぼれた。澄也の手が慰めるように、翼の膝頭を撫でている。

（この人……ちょっとだけ、優しい）

あんなに意地悪だったのに。翼が本当に怖がるとまるで恋人にするように甘くなった。

澄也の性器が全て入ると、腹の中が息苦しいほどいっぱいに感じられる。

「ち……ちゃんと入った……？　せんぱい……」

未経験のことに不安になった翼が訊くと、一瞬驚いたような顔をした澄也が、くっと苦笑した。意地の悪い冷笑ではなく、もっと、困ったような笑みだ。

「……手は、傷めなかったか？」

翼の手足を戒《いまし》めていた糸が緩み、ぱらっと解けた。

「俺の首に腕を回せるか？　しがみついていろ。痛かったら、爪をたてていい」

翼は朦朧《もうろう》としたまま、澄也の首に腕を回す。澄也と顔が近くなり、眼が合うといがみ合って始めたはずなのにまるで恋人同士のように抱き合っているこの状況が妙におかしくて、思わず微笑む。そのとたん、なぜか自分の体から花蜜のような甘い香りが空気に舞い上がるのが分かった。

（なんだろ……これ）

体の奥が不意に緩んで後孔の痛みが抜け、かわりにうずうずした快感が戻ってきた。

「……お前、この香り」

澄也が上ずった声を出したけれど、翼にはもう余裕がなかった。後孔の中がじゅくっと蠕動し、中がわずかに擦れただけで深い悦楽に襲われたのだ。

「動くぞ」

耳元で低く囁くバリトンに、腰が震える。

「はっ……あっ」

熱い肉茎が後孔の中を擦りながらズズッと抜ける。半ばまで抜けて、それから奥に突き戻される。はじめはゆっくり。翼の腰が揺れるにしたがい、その動きは激しく深くなる。

「あ……あっ、あっ、なに、これ、あっヘン、俺、ヘンになる……ッ」

揺さぶられるたび、体の芯がきゅうきゅうと締まる。澄也が最奥に達する直前にある一点を擦っていくと、ひきずりこまれるような快感で、翼は意識が飛びそうになる。

「せんぱ、せんぱい、あ、だめっ、あ、あ、あ、んっ」

「お前、名前は？」

翼の体を抱きこみ、腰を突き入れながら、澄也が翼の薄く感じやすい耳朶を舐めてくる。

「やっ、あ……んっ、だめ、つばさ……んっ」

「翼、か……」

嵐の波のような快感が、翼を襲った。

「あっ、んっ、ああー！」

澄也の杭をぎゅうっと締めつけながら、翼は背を仰け反らして精を吐き出した。白い飛沫《しぶき》は勢いよく弾けて胸まで飛ぶ。刹那《せつな》、翼の中に澄也の熱いたぎりが放たれた。打ちつけられる衝撃に震え、翼はくったりと両手をベッドに投げ出した。視界が白く霞《かす》んでいく。深く穏やかな水底へゆっくりと沈んでいくようだ。ふっと力がぬけて、翼は眼を閉じた。


眼を覚ました時、翼は澄也の部屋のベッドに丸まって寝ていた。

（……そっか、俺、気絶してたんだ）

体を持ち上げようとすると、腰が鉛を入れられたように重くてだるい。とたん、翼は気絶する直前になにがあったのかを思い出し、全身がのぼせるのを感じた。

（お、俺、強姦されたんだ――）

澄也に。しかも初めてだというのにめちゃくちゃ気持ちが良くて、自分から澄也にしがみついて腰を揺らしていた。

信じられない。ベッドの上に跳ね起きて、翼は赤くなったり青くなったりと頭を抱えたが、ふと自分の体がきれいに清められ、肌触りのよい大きなバスローブを羽織《はお》らされていることに気がついた。バスローブからは、かすかに澄也の香りがする。

「おい、気がついたなら出て行け」

振り向くと、ソファに座った澄也が高校生のくせに煙草を吸っていた。その姿を見ると、困惑と怒りが同時に湧きあがってきて、翼はどうしていいか分からなくなった。

「……食べるって、こういうことだったのかよ？　俺、なにも知らなかったんだぜ」

慎重にベッドを降りて澄也の前に立つが、澄也は視線を合わすこともなく翼を無視している。人を勝手に抱いておいて、この態度。翼はさすがに腹が立った。

「この、ゴーカン魔！」

気がつくと、翼は怒りに任せて澄也の吸っていた煙草を奪いとり、灰皿へ押しつけて消していた。

「アンタさ、説明もなしにいきなりエッチってどういうことだよ？　巣に引っかかったらセックスしていいなんて、俺は知らなかったんだぞ！」

「お前が知らなかっただけだろうが。うっとうしい、終わったらもう出て行け」

澄也は面倒そうな眼差しで、じろりと翼を睨んでくる。しかし翼は怯《ひる》まなかった。

「こんなことして！　さっきのベッコウバチの人が知ったら、傷つけるんじゃねえの？

俺は……もういいよ、犬に噛まれたことにするし」

「……はあ？　なんの話だ。なんで飴宮《あめみや》が出てくる」

澄也がいぶかしげな顔をした。

「さっきの人、アンタの恋人だろ！」

「恋人？　ハハ、お前、面白《おもしろ》いことを言うんだな」

澄也はそう言いながらも、さほど面白そうでもなかった。翼は眉を寄せて黙りこんだ。恋人ではないなら、ただ適当に肌を重ね合う関係、ということだろうか。家に閉じこもっていたせいで世間知らずの翼でも、本やテレビでそういう関係もあると知っている。

「より強い捕食者と寝たいと思うのは本能だ。あいつもそうだが、お前もそうだろ？　タランチュラの俺に、興味があったんだろうが。シジミチョウの分際でも、俺が寝てやったんだから感謝しろよ」

（なに言ってるんだよ、この人……）

翼は耳を疑った。今、そんな話はしていない。

「なんで俺が感謝なんか……謝れよ。そしたら、俺も水に流すし」

「なんのために？」

「アンタ、小学校で道徳習わなかったのかよっ」

澄也の態度に腹を立て、翼はとうとう辛抱できずに小さな体一杯で怒鳴《どな》った。

「アンタがハイクラスで俺がロウクラスでも、同じ人間なんだからしちゃいけないことはしちゃいけないはずだろっ？」

せめて一言でいいから、謝ってほしい——と翼は思ったのだ。

けれど澄也はただうっとうしそうに、翼を睨んだだけだった。

「シジミチョウにぐだぐだ言われる筋合いはない。さっさと出ていけ、空気が汚れる」

「シジミチョウシジミチョウって……」

翼は怒りに声を震わせた。

「……そんなにシジミチョウも下等種も嫌いなら、なんで俺にあんなことしたんだよ！」

「むかついたから」

さらりと言われて、翼は声を失った。むかついた？

（シジミチョウが嫌いだから？　それで、俺を抱いたら俺が傷つくと思ったってこと？じゃ、嫌がらせで抱いたのかよ……）

体の芯から、静かな怒りと一緒に言葉にできない痛みが湧きあがってきて、翼は胸をざっくりと深い刃物で切りつけられたように感じた。ぎゅっと握った拳が震える。

「先輩がこんな人だなんて思ってなかった」

翼を無視しようと決めたのか、澄也が煙草に手を伸ばす。

「テレビで見た時、先輩は自分の人生を生きた人間が本当に幸せなんだって言い切ってた。

俺、先輩なら階級なんて関係なく俺を見てくれるって思ってた」

「勝手な幻想を俺に押しつけるな」

澄也は舌打ちした。

「しょせんお前らみたいなロウクラスの虫けらは、どんなにあがいたってせいぜいがこの高校に入るくらいで精一杯だろうが。俺とは根本的に違う」

「なんだよソレ、ハイクラスだけが、自分で自分の人生拓く努力してるってのかよ？」

澄也は気だるげに前髪をかきあげ、冷たく眼を細めて翼を睨んでくる。

「分からないのか？　俺はな、選ばれてるんだ。人に踏みつけにされることを運命づけられてるお前らみたいな弱小種とは違う。俺には初めから、努力しなくてもいいだけのレールが用意されている。なにもしなくてもな……」

分かったらもう出ていけ、と澄也がつけ足した。澄也の吸う煙草の紫煙が、翼の眼の前まで漂ってきてゆらっと揺れた。

……あの小さな世界で。

あの小さなテレビで。

澄也の一言を聞いた時、急に世界が大きく思えた。この部屋を飛び出していけば、思い込んでいた未来とは違う結末が選び取れる。そう思った。

両親は反対していたし、学校の教師は苦笑するだけだった。クラスメイトには陰でバカにされていたけれど、翼は夜中まで机に向かって、毎日十時間以上参考書とにらめっこした。指には書きダコができた。誰も応援してくれなかったけれど、構わなかった。いつも思い出していた。

澄也の強い眼差し。あの一言。『自分の人生を、生ききる』。あの時感じた、熱病のような気持ち。

死んだって構わない。生きていた証がほしい。生きていたことを、誰かに知っていてほしい。

そう、たとえばこの人に。俺に勇気をくれた、レッドニータランチュラに……。

今はその気持ちが、急に冷えていくような気がする。

「なんか、がっかりだ……」

ぽつん、と翼は呟いた。

「先輩はせっかくそれだけ恵まれてて、なんだってできるくせにきっとなににも一生懸命になったことないんだろ……？　退屈な、つまんない人生だよな……」

翼は声を途切らせた。突然糸束が顔に巻きつき、口を塞《ふさ》いだからだ。糸束をはずそうともがきながら、翼は澄也を見た。

「そうだな。つまらん人生だ」

琥珀の眼差しがきつく燃えて、怒りに染まっている。翼に悪態をついている時でさえつまらなさそうだった澄也が、今は本気で怒っていると分かる。ハイクラス種特有の威圧感に本能的な恐怖を感じ、翼は身動きできなくなった。

「出ていけ」

ロウテーブルを蹴り倒して立ち上がり、澄也が翼の襟ぐりを摑んだ。そのままずるずると引きずられ、廊下に投げ出される。したたかに背を打ちつけた翼が起き上がれないでいると、体の上に脱がされた服が投げつけられた。

「二度と巣にはかかるな、シジミチョウみたいなゲテモノを食うのは一度で十分だ」

乱暴に扉が閉まり、翼の口を戒めていた糸がバラバラとほどけた。

「なんだよ、自分が悪いんだろ……」

憎まれ口をたたきながらも、急に怒りだした澄也の態度に自分もひどいことを言ったのだろうか、と翼は気になった。けれど背も腰も痛く、性モザイクの弱い体ゆえかだんだんと熱っぽくなって視界がかすみ、そんなことを考える余裕はすぐになくなってしまった。

二階の廊下に出ると、ちょうちょ柄のパジャマを着た央太がおろおろと翼を探していた。

「翼っ、よかった、どこ行ってたの！」

ほっとした顔で駆け寄ってきた央太が、不意に顔色を変える。

「央太《おうた》、悪かったな、心配かけて。俺、もう寝るよ……」

「翼、そのバスローブ、どうしたの……？」

央太の質問に取り合うのも面倒で、翼は答えずに部屋に戻る。

「も、もしかして、す、澄也さんとこに……そ、その匂い澄也さんの……翼が、翼が」

(ごめんな、央太、後で話すから……)

口に出したつもりだが、言えていたか分からない。翼は床に荷物を投げ出して、倒れるようにベッドに入った。鈍くなっていく意識のなかで「翼が汚されちゃったぁっ」という央太の泣き声を聞いた気がする。

眠りの渦に引き込まれていきながら、翼はふと思った。

(ああ、でも……エッチの時だけは先輩、優しかったな……)

——大丈夫だ、壊したりしない……。

囁かれたバリトン。挿入の間ずっと膝頭を撫でてくれた大きな手に、翼は安心した。澄也の隠された優しさに、触れたように感じていた。あれは、錯覚だったのだろうか？


『翼、今日は学校、お休みよ』

ランドセルを背負った翼が玄関を開けると、母親が慌てて止めにきた。毎朝迎えに来てくれる近所の同級生、安手《やすで》くんと波多《はた》くんが、眉をひそめて顔を見合わせる。

『だって母さん、安手くんと波多くんは、学校行くって言ってるよ』

『翼は特別なの。雪が降ってるでしょ。風邪ひいちゃうから今日は行かないで。安手くん、波多くん、ごめんね。翼は学校お休みだから、雪がとけてたらまた明日ね』

安手くんと波多くんが、「またか」という顔をした。

『いいよなー、翼はトクベツで』

ちぇーっ、ずる休み、と二人は唇を尖らせて、玄関から出て行った。ここは寒いからと、母は翼を居間のこたつへ急かす。

『母さん、どうして俺だけトクベツなの？』

『翼はみんなより体が弱いでしょ。……翼は、頑張らなくていいの。学校は、お天気の日だけにしましょうね』

――嘘つき。

（そんなこと言って、あんまり寒かったりあんまり暑かったりしたら、天気がよくても学校に行っちゃダメだって、母さんは言うじゃないか――）

朝から降り始めた雪は夕方までに止み、小学校が下校時間になる頃、団地の前の公園や道路にくっきりと足型が残るほど積もった。学校から帰ってきたばかりの安手くんや波多くんが公園で雪合戦を始めたのを、翼は家の窓から見つけた。

『安手くーん、波多くーん、俺も入れてー』

二人が顔をあげて翼を見る。

『翼はトクベツなんだから外に出ちゃダメだろーっ』

他の子どもたちがわらわらと公園に集まってきて、安手くんも波多くんも翼のほうを見向きもしなくなった。温かな部屋に冷たい外気が入り込み、翼はぶるっと震えた。窓を閉めて、雪合戦に興じる近所の子どもたちを眺める。窓越しに楽しそうな声が聞こえてくる。

なんにもしなくていいの。

それが母さんの口癖。

翼は、なんにもしなくていいの。ただ、母さんのそばで生きててくれればいいのよ。

(――頑張らなくていいことが、特別なの……？)

胸がキリリと痛む。テストの点数を母さんに聞かれたことがない。運動会には出られなかった。夏休みの宿題で一生懸命描いたポスターが入賞した時、母さんは心配そうな顔で言った。

『根をつめて描くのは、これきりにしてね。体に悪いわ』

(母さん……俺、頑張っちゃダメなの……？)

――そんなトクベツ、俺、ほしくないよ……。

翼は汗だくで眼を覚ました。湿った布団《ふとん》が足にからみつき、頭皮も汗で濡れて前髪が額にはりついていた。喉がカラカラに渇き、こめかみを両側からぐりぐりと押されているように頭が痛い。だるい腰を動かして横寝になると、窓から差し込む夕焼けの光が部屋の床を朱に染めているのが見えた。

（あれ……もしかして一日寝てた……？）

翼が寝入ったのは夜だったから、一度も起きずに丸一日眠っていたことになる。瞼の裏には、さっきまで見ていた夢の残滓《ざんし》がちらついていて、

（——俺、澄也先輩にひどいこと、言ったのかな……）

翼はそう、思い返した。どうして自分は、テレビで見た澄也の一言に勇気づけられたのか。トクベツでいることが辛かったからだ。頑張らなくていいことが、なにもしなくていいことが辛かった。でも誰にも、言えなかった。

贅沢《ぜいたく》な悩みだと、自慢しているのかと言われるのが怖くて。誰も分かってくれない苦しさを、あの時澄也にすくいあげてもらった気がした。

『恵まれているかどうかはただの境遇であって幸せとは関係ない』

あの一言で、翼は自分の苦しみを誰よりも分かってもらえた気がした。だから……。

翼は意を決してベッドから立ち上がると、よろけながら廊下に出て階段をのぼった。

（あれ……央太）

澄也の部屋の前まで来て、翼はぐずぐずと泣いている央太を見つけた。開け放たれたド

アからは誰かの怒声が聞こえてくる。

「見損なったよ、いたいけな一年生を騙して襲うなんて！」

怒鳴っているのは真耶《まや》のようだった。続いて、それに応じる澄也の声が聞こえてきた。

「あっちが勝手に俺の巣にかかっただけだ。俺は食っていいか確認した」

「翼くん、熱出して寝込んでるんだよ。この責任をどうとるつもり、このバカグモ！」

「まあまあ、真耶。もうやっちゃったものは仕方ないって」

真耶を宥めているのは兜《かぶと》らしい。なにやら言い争いの種は自分だと気づき、翼は足を早めた。その時、ふと顔をあげた央太が翼を見つけてぎょっとなった。

「翼……っ、な、なんで来たの！」

駆け寄ってきた央太が翼を支えてくれた。央太は眼を真っ赤に泣き腫《な》らしている。

「お前……ごめんな、泣いてるの、俺のせいだろ」

「だめだよ翼、も、もうこんなとこ来たら……すごい熱だよ」

言っているうちにも、央太の眼がうるうると潤んでくる。

翼が澄也の部屋に入ると、またあの甘い匂いが香ってきた。澄也はソファにだらしなく腰かけ、その前に兜と真耶が立っている。

「……先輩」

声はかすれていたけれど、はっきりと発音できて翼はほっとした。わめいていた真耶が眼を瞠って振り返り、兜は「おや」と眼鏡をあげた。央太は翼の後ろでおろおろしている。

澄也は、じろりと翼を見てきた。

「なんだ、また食われたくて来たか？」

澄也の言葉を聞いたとたん、真耶がこめかみに青筋を立てる。

「刺し殺す！」

真耶の美しい爪がぎらりと光り、先端が針のように尖《とが》り始《はじ》めたので、兜が「マヤマヤ、殺人はだめだよ！」と真耶を羽交い締めにした。

「翼くん、今僕が退治してあげる！　冷酷で残忍で淫乱で絶倫なんだから、この男は！」

「真耶先輩、ごめんなさい。心配かけて」

翼は思わず、苦笑した。真耶は本当に、いい人だと思う。

「真耶先輩、でも、あのさ……澄也先輩は淫乱で絶倫なのかもしれねえけど……冷酷で残忍じゃ、ないよ」

暴れていた真耶がぴたりと止まり、啞然として翼の顔を見つめてくる。

「優しかったよ。少なくとも優しくしてくれたよ、エッチは。……俺、嫌じゃなかった」

「な、な、なに言ってるの、翼くん」

「ほんと、嫌じゃなかったんだ。だって俺……」

熱で力の入らない笑顔で、翼は笑った。

「だって俺、一生、セックスなんて経験できないって……思ってた。それでもいいって。だから、できて良かったかもって……。ほんとは女の子としたかったけどな」

真耶はただぽかんと口を開け、兜はニヤニヤと笑っていた。澄也は琥珀の瞳を、少しだけ見開いている。ほんの少し。

「でも澄也先輩、上手かったし優しかったし……いい男だし。それで俺、謝りに来たんだ」

澄也が眉を寄せる。

「謝る？　なにを。不味《まず》い体を食わせたことをか」

「それはアンタが勝手に食ったんだろ。じゃなくて……ごめんなさい」

翼はぺこりと頭を下げた。

「翼くん！　こんなのに頭下げることなんかないんだからッ！」

「俺、先輩のこと、恵まれてるのに努力してないって……退屈な人生だなんて言って、ごめんなさい」

小さな家の小さな部屋が世界のすべてみたいだった、ほんの数ヵ月前の翼。

つまらなかった。退屈だった。……辛かった。

「俺は知ってたはずなのに。……分かってもらえない苦しさや恵まれている苦しさも、あるって。俺、アンタのことなにも知らない。なのにあんなふうに言って、ごめんなさい」

翼は別に澄也から許してほしいわけではなく、ただ謝りたかっただけだ。自分も悪かったと思ったから。顔をあげると今度こそ澄也が眼を見開き、じっと翼を凝視していた。

（ああ、すっきりした）

すっきりしたから、翼は澄也に笑いかけた。とたんに澄也は形のいい眉をひそめてくる。翼はやるべきことを終えて緊張が切れてしまい、後ろによろめいた。

「翼……っ」

央太が差し伸べてくれた手に掴まった翼は、不意に横から体をさらわれた。あっという間もなく、翼は澄也に抱き上げられていた。

「ちょ、ちょっと！　なに触ってんの？　なんでお姫様抱っこなんかしてんの！」

真耶が怒鳴ったが、澄也は涼しい顔をしていた。

「こんな熱で出歩くな、バカが」

頭の上から落ちてくる澄也の声音は、言葉ほどはきつくない。信じられないほど強い腕と広い胸に包まれると、なぜか安心して翼の体から力がぬけていった。

「おい、部屋に案内しろ」

「は、はい！」

澄也に言われた央太が、緊張したようにぎくしゃくした足取りで先に歩き始める。

「いや、なんか珍しい光景だね」

「納得できない！」

兜と真耶のやり取りが遠ざかると、翼は一気に眠気に襲われた。どうして澄也が自分を運んでくれるのかは分からなかったけれど、翼はあまり気にしないことにした。

「お前……妙なやつだな。お前みたいなバカは、初めて見る」

ふと澄也が呟く。壊したりしない。優しくする。そう言った時と同じ、穏やかな声に聞こえる。

（……やっぱりこの人、ほんとは、優しいんじゃねえかなあ……）

いつの間にか翼はうとうとし、やがてベッドに下ろされるのを感じた。澄也が央太にシーツを替えろとかパジャマを着替えさせろとか、命令しているようだ。央太が「はい、お任せください！」とはりきって答えているのがおかしくて、眠りながら翼は笑った。

「……おい、寝たのか？　ロウクラスはみんな、お前みたいに体が弱いのか？」

夢うつつに、翼は首を横に振った。

（違うよ、俺はちょっとトクベツなんだ……）

「俺はお前みたいに小さいのは、抱いたことがないから分からない。趣味じゃないからな」

（……それは、アンタの勝手じゃん）

「……特別に次はもう少し、気をつけてやる」

（次？　次ってさあ……なに？　なんのこと？）

そう思ったけれど、翼は答えを聞く前に夢も見ない深い眠りに沈み込んでいた。

四

「見学？」

その日の放課後、翼《つばさ》は武道用の練習施設を訪ねているところだった。対応してくれた剣道部の主将は、入り口であからさまに嫌な顔をし、上から下まで舐めるように翼を眺めると、鼻で嗤ってきた。

「見てもいいがね、悪いけど、きみは入部させられないよ。見学だけでいいならどうぞ」

男らしく精悍《せいかん》な顔をしているくせに、主将の口調は厭味で表情はいやらしかった。翼は思わず主将を睨みあげ、持っていた入部届けをきゅっと握り締めた。

「どうして俺は入部しちゃだめなんですか？」

「愚問だな。きみみたいに小さくて弱そうなのは、使い物にならない」

「……練習すれば上手くなるかもしれねえし、俺、雑用だってちゃんとやります！」

主将の言葉には腹が立ったけれど、翼は辛抱強く食い下がった。けれど、主将は聞こえよがしにため息をついた。

「察してくれないかな。ロウクラスのシジミチョウなんかが入部していたら、星北学園剣道部の名折れなんだよ。……それに、うちの有望なメンバーがきみみたいなのに食い荒らされたら困るからね」

「……どういう意味ですか」

意味が分からず、翼は眉を寄せた。主将の背後で悪意のこもった笑いが起こる。練習を中断したらしい部員たちが、小バカにしたような顔で翼を眺めており、一人が「しらばっくれて」と言っている。

「聞いてるよ、三年の七雲《なぐも》くんの部屋に押し入って、彼の匂いをつけてもらったそうじゃないか？　いやはや、ロウクラスの中にはハイクラス種だけを狙って寝たがる輩《やから》がいるとは聞いてたが……。お家にお金が足りなくて、体で稼いでるんじゃないだろうね？」

翼には初め、主将の言葉の意味が分からなかった。ぽかんと口を開けて彼を見つめ、頭の中で咀嚼《そしゃく》してから意味が分かった瞬間、頬が熱くなった。

(俺は売春なんかしてない)

そう抗議を口にする前に、翼の背後がガヤガヤと騒がしくなる。振り向くと、見学に来たらしい一年生の集団がいた。当然、翼と違うハイクラス種の生徒達で、とたんに主将は態度を変えた。

「やあ、見学かい。よく来たね、歓迎するよ！」

彼らを誘導しながら、剣道部の主将は施設の中に引っ込んでしまう。体の大きな集団に押し退けられて、翼はよろめいた。おしのけた一年生の一人が翼を見て眉をしかめ、「こんなところで売春するなよ」と言ってくる。

（……なんなんだよ）

翼はもはや言葉を失って、その場に呆然と立ち尽くした。

（……なんなんだよ。なんなんだよ？　俺が売春なんかするわけねぇだろ……っ）

怒りで眼の前がくらくらする。翼は唇を噛みしめて、練習場に背を向けた。

翼が澄也《すみや》に抱かれたことは、どうしてか、またたく間に学校中に知れ渡っていた。

今朝、寮の食堂へ行くと寮生の視線がやけに突き刺さり、あちこちから「澄也さんに抱いてもらったらしい」という声が聞こえてきて、翼は度肝を抜かれたのだ。

「なんで俺と澄也先輩のこと、みんなにバレてるんだ？」

思わず央太《おうた》に訊くと、央太は顔をまっ赤にしながら「翼って本当にウブだねぇ」と身をくねらせていた。央太が言うには、翼から澄也の匂いがするらしい。

「タランチュラの媚毒ってすぐ匂いがうつるの」

聞けば大抵どの人にもその人の種が持つフェロモン香があって、それはセックスをすれば相手にうつるのだそうだ。

「翼からも普段、すごくいい香りがしてるんだよ。たぶん今、澄也先輩にはその香りがついてるんじゃないかな……あのお風呂場でも翼から香ってビックリしたんだけど、つ、翼の香り、澄也先輩とのエッチの後で急に強くなってて……」

もじもじしながら央太が説明してくれたが、翼は自分の香りも知らなかったのでやはり鈍感なのかもしれなかった。問題は、みんな「翼が自分で澄也の巣にかかりに行って、頼みこんで抱いてもらった」と思っていることだ。まさかハイクラス屈指のタランチュラが、自分からシジミチョウみたいに貧相な相手へ手を出すはずがないというわけだ。

星北の部活動一覧が書かれた紙の「剣道部」の記述を線で消しながら、翼はため息をついた。黄昏《たそがれ》間近の低い陽光が、翼の歩く北校舎の窓から忍び込んでくる。

（……部活は、全滅か）

見学はよくても入部は断ると言われたところ、三割。見学さえ断られたところ、七割。運動部だけじゃなく、文化部でも同じだった。集団の和が乱れるとか、できるはずがないからとか、売春をされては困るとか——色々と理由は言われても、結局は翼がロウクラスのシジミチョウだからダメなのだ。

（入れてくれさえしたら頑張る。なのに……俺がシジミチョウだってだけで）

中学もまともに行けなかった翼は、ずっと、放課後の部活に憧れていた。普通の高校生として、普通の学校生活を送ってみたい。それだけだ。

悪口を言われることは平気だ。軽蔑《けいべつ》されても、見下されても、気にしなければいいことだ。けれど入り口さえも開けてもらえないと、扉の中にはどうしても入っていけない。

（頑張るだけじゃ、ダメなのか……？）

弱気がむくりと頭をもたげた時、ふと前方から声が聞こえて翼は顔をあげた。

北校舎はクラブ活動や生徒会の活動に使われているばかりで基本的に人気がないのだが、翼は薄暗い廊下の先に見覚えのある人影を見つけた。

一人は澄也。もう一人は、翼が澄也の部屋に間違って入り、巣にかかって抱かれる直前まで寮の廊下で澄也とセックスをしていた男……寮の共同風呂に行く途中、翼に厭味を言ってきたベッコウバチの飴宮《あめみや》だ。

廊下の窓にもたれて、澄也は無関心な顔で煙草を吸っている。飴宮はしなだれかかるように澄也の腕にくっつき、眉を寄せてなにか訴えているようだった。

「……あんなロウクラス」

窓から吹き込む風に乗り、飴宮の声は二人から離れた翼の耳にも届けられる。「なんで抱いたんだ」、「頼まれたんだろ」、「澄也らしくない……」切れ切れに聞こえてくる声に、翼は飴宮が自分のことを言っているのだといやでも気づかされた。

それにしても、どうしてよく知りもしない飴宮に自分のことを言われなければならないのだろう。

「つきまとわれてんなら、俺が処理してやろうか」

飴宮が澄也の腕を揺すると、澄也はやっと飴宮に顔を向けたようだった。煙草の灰を窓の外に落としながら、澄也は「要らん。俺が本気で相手にしてるわけないだろうが」と答えている。

（……なんだそれ。先輩が抱いたくせに）

なんて身勝手な言いぐさだと呆れながら、同時にあれは澄也の嫌がらせだったのだと思うと、翼は胸の差し込みが鈍く痛むのを感じた。

飴宮は機嫌を直したように笑い、澄也に抱きついて自分からキスをしかけている。澄也が片腕を飴宮の背に回した。その一瞬、琥珀の眼でちらりと翼を見てきた。

「……わっ」

眼が合い、翼は慌てて澄也に背を向けて、廊下の隅に隠れた。だがきっとバレているだろう。肩越しにおそるおそる覗き込むと、澄也は飴宮とのキスに没頭しているようだった。

それを見ていたら、翼は胸が痛んで不思議だった。

髪を振り乱して澄也に縋る飴宮は、男の翼が見てもしどけなく色気がある。

（これじゃあ俺、いかもの食いだって言われるよな……）

どう見ても、自分と澄也じゃつり合わない。澄也が気まぐれにしろ意地悪にしろ、翼を相手にしたのは気の迷いだったのだろう。

（俺の一生……あとどのくらいなんだろ）

その時、どうしてか足元から先がなくなり、真っ暗闇に放り込まれたような不安が押し寄せてきた。

(その一生で誰かを……愛したり、愛されたりなんて……あるのかな)

——優しくする。

耳元で囁いた澄也の声、痛がる翼の膝頭を撫でていたあの手のひら。あの時、うれしいと思っている自分がいた。優しくされて？

(ていうより、俺はずっとあの人に知ってほしかったからかな)

自分が今ここで、生きていることを。

小さな部屋の中に閉じ込められていた頃、翼は時々思っていた。今死んだら、何人が自分の為に泣いてくれるんだろう。両親には愛されてきたと思う。けれど、それ以外の誰とも深くつながってこなかった。

体の奥まで澄也の熱い性器を受け入れて、誰にも見られたことのない場所まで知られて抱かれた時、澄也は翼の命に肉薄していた。

あんなに強く、誰かとつながったことはなかった。

それに優しくされた時は、澄也が自分を見てくれている気がした。澄也はずっと会いたかった人だ。生きていることを知ってほしかった人だ。たとえ嫌われていても澄也が想像より冷たくても、やっぱりそんな人を間近に感じられたのはうれしかった。

(俺が死んだ後、澄也先輩は俺のこと思い出すかな――)

翼の胸の奥には、いつでも漠然と死への恐怖がある。

――性モザイクは、非常に珍しい個体です。彼らは短命で、長生きできません……。

あれは小学生の時に受けた、理科の授業だった。学校の教師がそう言ったのを聞き、翼は硬直した。クラス中の視線が自分に集まっている気がしたが、それは勘違いだったろう。母に言えばきっと学校へ苦情の電話をするだろうと思ったから、翼は小さな胸の中にその時できた傷を押し隠した。けれどそれでも、教師のあの一言は忘れた頃に翼の脳裏に蘇ってくる。そしてそのたび、翼は繰り返し傷つけられてしまう。

――自分の命は、長くはないのだ、と。

(俺、いつまで生きてられるんだろう……)

誰と話していても、翼は心の片隅で「自分はこの人より先に死ぬんだろうなあ」と考えている。けれどそんな胸の内を、翼は誰にも話せない。

そうして、翼は時々この世界から自分だけが弾き出されたような気持ちになるのだ。

(考えるんじゃなかった……俺のバカ)

翼は顔をしかめ、自分の暗い考えを戒めた。足元に広がる不安を見てしまうと、頑張って築き上げている強さが崩れてしまう気がした。

その時、「シジミちゃん」と呼ばれて振り向くと、廊下の向こうから兜《かぶと》が歩いてくるところだった。人が来てくれたことで暗い不安がひいていき、翼はほっとした。

「お、澄也だ。うわぁ、お盛んだねえ、相変わらず」

廊下の先を見た兜が、シジミちゃんもご覧よ、と言いながら翼の体を回転させて澄也の方を向かせ、なぜか後ろから抱きしめてきた。

互いの体をまさぐり合う澄也と飴宮が見え、翼は思わず兜を振り向いて睨んだ。

「先輩、悪趣味ですよ。もう行きましょう」

「いいじゃない、楽しいじゃない。あ、シジミちゃん、近くで見るとこんなにかわいいんだね。お肌ツルツルだし、お眼々、ちょっぴり青いんだね？」

「ツバメシジミの翅の色が瑠璃ですから」

「シジミちゃんから甘くていい匂いするよ。ね、シジミちゃん、澄也の糸もよかったかもしれないけどさ、オレのツノともつんつんしてみない？」

「ツノって？」

どうして兜は抱きしめてくるのだろうと思いながら、翼はされるがままだった。兜がぐっと腰を押しつけてくる。その瞬間、翼は物凄い力で横に引っ張られた。と同時に、翼に張りついていた兜が「あいた〜」と言いながら飛び退く。

「兜お前、いい根性してるな……」

低くうなったのは澄也だった。翼は澄也に肩を抱かれて引き寄せられていた。

「痛いよう、澄也クン。なにも蹴らなくていいのにぃ」

脛をさすりながら、兜はニヤニヤと笑っている。

「カブトムシがこの程度痛いわけあるか。お前、俺の眼の前で餌を横取りする気か」

「だってきみ、べつに要らないんでしょ？」

兜が大きな肩を、大仰に竦めてみせた。

「こんな下等種でも、俺の匂いがついてる間は他の捕食者に食わせたくない」

「オレは澄也クンと違って肉食じゃないもん。悪いけどカブトムシの縄張りは、押し退けあって奪うものだからさ。それよりあっち、いいの？」

兜は面白がるように、顎をしゃくった。見ると、顔をまっ赤にした飴宮が翼を睨んでいる。しかし澄也は翼の腕をとり、引っ張った。

「今生徒会室空いてるけど」

背中から追いかけてくる兜の声に、澄也が「うるさい」と怒鳴った。

（な、なんだよ？　なんなんだよ？）

澄也に引っ張られながら、翼は混乱していた。

「せ、先輩、どこ行くんだよ？　俺、もう寮に戻る」

澄也は答えてはくれず、気がつくと翼は北校舎のエレベーターに押し込まれていた。澄也は最上階のボタンを押し、そして唐突に翼を抱き竦めると唇を奪ってきた。

「……おい……あ、なに！」

疑問符を挟む間もなく、澄也の唇から流し込まれた甘い唾液で翼の体はびくん、と波打った。歯列をなぞられ、唇の薄い表皮を舐められただけで膝から力がぬけていき、落ちそうになった細い腰を澄也が強い腕で支えてくる。

エレベーターが停まるとそのまま抱き上げられ、正面に現れた重厚な木の大扉の中へ連れこまれた。視界の端に『生徒会室』と映っていたような気がする。部屋に入ったとたん澄也にソファへ投げ出され、翼は混乱した。

「なにすんだよ！」

翼はのしかかってくる澄也の体を押しのけようとしたが、既に媚毒が回って腕に力が入らない。糸束で両手首を拘束され、翼は簡単に動きを封じられてしまった。

「お前は一度俺の餌になったんだ。匂いのついている間は、勝手に他の男に食わせるな。俺は餌場を荒らされるのは好かない」

「……なんだよ、それ」

澄也の身勝手な言葉に、翼は頭の中が冷たくなるように感じた。

タランチュラは小さな虫を殺して食べる。時には自分の体より大きな鳥さえ食らう獰猛な狩人だ。犯され、澄也の匂いをつけた翼は餌ということだ。澄也は自分の縄張りを他人に奪われそうになって腹を立てているのではないか。そう思うと、翼は胸の奥に怒りが湧きあがるのを感じた。

(そんな理由で俺のこと抱くのか？　そんなの、レイプと変わらねえよ……)

やがて数本の糸束が、翼の体の上をうねうねと這いずり始める。

「やだ……、なんだよこれっ……あっ」

ズボンの両裾から一本ずつ入り込んできた糸束が、足を舐め上げ翼の性器のほうへ上っていく。そして糸束は襟元からも翼の服の下へ侵入し、薄い胸に吸いついてきた。

糸の先はじゅんと濡れていて、甘い匂いがする。澄也の媚薬だ。全身を這いずられて濡らされ、翼の体は呆気なく熱くなった。

「や、やだ。と、とれよこれ……あっ……んっ」

襟元から入り込んだ糸束に吸いつかれ、服の下で乳首がふっくらと尖ってくる。

「簡単な体だな……これで、他のハイクラス種に売春しようと思うなよ」

ひどい言葉。

「そんなの、するわ、け……あ、あ……っ」

ズボンの裾から入った糸の一本に後孔を撫でられ、翼は打ち震えた。体に澄也の毒が回り、嫌なのに力がぬけていく。翼の乳首に巻きついた糸が充血した胸の突起をくにくにと刺激し、性器がぐずぐずに濡れはじめた。

(や、やなのに……ああ……っ、あ、気持ちい……なんて……)

胸をそらしたせいで、乳首をいじりつづける糸束の動きが薄いシャツにくっきりとうつる。服の上から、澄也が糸束ごと翼の乳首をつまんでこねまわした。

「ああ……や、やだぁ……っ」

翼はまっ赤な顔で、体をびくんびくんとしならせる。

「尻が揺れてるぞ……淫乱なチョウだな」

ズボンの下で勃ちあがった性器の先端が濡れて、下着を湿らせている。濡れた糸束が、緻密な動きで翼のふくれた杭に吸いついては揉みしだき、敏感な鈴口からいやらしい蜜が溢れて、体がうずうずする。

やがて濡れた糸束が後孔に入り込み、内壁を優しく擦りながら中をぐっしょりと濡らし、一番感じやすい部分をもどかしく擦ってきた。

「あ！　ああっ、だめ、ああ……んっ、んんっ、はあ……ッ」

だめだ、気持ちよすぎる。

澄也が身悶えて感じている翼を、じっと見下ろしている。前を濡らして腰を振り、胸を尖らせてみだらに喘いでいる姿を見られている。

「や……っ、やだ……っ、あっ、み、見んな……、あ」

そう思うと耐えがたい羞恥《しゅうち》で、翼は涙ぐんだ。普段ならこんなことで泣いたりしないけれど、今は無理やり引き出された快感で余裕がなく、とても気持ちを抑えていられない。

澄也はなんのためにこんなことをしているのだろう。

糸一本で簡単に感じてしまう翼を見下ろし、自分より弱い翼を支配している気になっているのだ。情があってこんなことをしているのではなく、翼が自分の唾をつけた餌だから、眼の前で他の男に食べられそうだと思ったから、気分を害してもう一度翼を抑えこんでいるだけにすぎない――。

(子どもが……放り投げたオモチャを、他の誰かに盗られそうになったら惜しくなるのと一緒じゃん……)

やがて尻の中で蠢《うごめ》いていた糸束の質量がぐんと増え、その抽送が激しくなる。

「あっ、あああっ」

翼はぼろぼろと涙をこぼした。澄也が覆いかぶさって、その涙を舐めてくる。

「気持ちいいか……?」

(気持ちいい、気持ちいいよ……だけど、だけどさ……)

ベッコウバチの飴宮さんには、こんなこと、しないんだろ……?

どうしてそんなふうに思うのか、翼は分からなかった。

(俺にこんなことすんのは……ロウクラスだから？　俺がきれいじゃないから？　……俺、物みたい……)

「あっ、ああっ、あっ、はあっ、ん……ッ」

「お前はシジミチョウだから頭が悪くて分からないかもしれないが、俺の匂いがついている間はお前は俺の餌だ。他の男に食わせるな……」

「あっ……あたま、わる……って、あ、んっ、ひど……ひどい」

翼の眼尻から、こぼれる涙が止まらない。乱暴なことをされているわけじゃないのに、気持ちはずたずただった。

翼の秘奥でぐしょぐしょに濡れた糸束が回転する。敏感な部分を強く擦られて、性器の先がひくんとはね、翼は顎を仰け反らした。

「ああぁっ、あーっ、あー……っ」

びくんっと引きつったとたん、ズボンの中で翼の精が弾けた。同時に翼の細い体から、甘い花蜜のような香りが、一息に溢れでる。

やがて尻の中から濡れそぼった糸束が這いだし、手足の戒めが解かれて糸束も消えた。覆い被さっていた澄也は翼の上から退き、翼の小さな体を人形のようにひょいと抱えてソファへ座らせてきた。

自由になった瞬間、翼は腹の底がカッと熱くなるほどの怒りに突き動かされていた。自分でもわけが分からぬまま手をあげ、振り下ろした。張り詰めた音が生徒会室に響く。翼は澄也の頬をぶっていた。

「アンタ、最低だ……っ、お、俺のこと二度も強姦して……！　なに考えてんだよっ」

翼にぶたれた澄也が、不愉快げに眼差しをきつくした。

「気持ちよかっただろうが？」

「こんなこと、二度とすんな！」

「本気で言ってるのか？」

澄也がギリ、と歯ぎしりした。

「当たり前だろ、アンタが、俺を好きだっていうならまだしも……」

「うぬぼれるな、なんで俺がお前みたいなシジミチョウを好きになる」

ここまでしても突き放すだけの澄也の態度に、翼は胸がつぶれそうな気がした。

シジミチョウ。ロウクラス。澄也は出会ってから、翼をその言葉でしか呼ばない。

刹那、翼の中で理性の糸が切れた。翼はソファから立ち上がり、床に落ちている部活の一覧表を取り上げると、勢いよく丸めて澄也の頭に投げつけていた。

「階級！　階級！　階級！　そんなもの、食えるか！」

「お前……」

澄也が腹を立てたようにソファから立ち上がろうとし、そのまま動きを止めた。

翼の頬に、大粒の涙がこぼれたからだ。

「……俺がロウクラスでシジミチョウだからって……先輩、俺のこと物みたいに抱くんだな。そういうの、ひどいと思わねえの……？」

せめて優しく抱いてくれたら……対等に求めてくれるなら。翼は澄也に抱かれることそのものが、嫌なわけではないのに。

「……おい、泣くな」

澄也はどこか戸惑ったような声で言い、ソファから腰を浮かせる。

「俺のこと嫌いなら、もう無視しろよ。どうせロウクラスの、抱いてもつまらないゲテモノなんだろ！」

翼はこれ以上ここにいられず、袖で涙を拭いながら部屋を駆け出した。エレベーターに乗り、一階を押す。湿った下着が気持ち悪い。寮に帰って、すぐ風呂に入ろう。

——翼、そんな学校、苦労するだけよ。

耳の裏に、また、母親の声が聞こえてくる。

——分かってる、分かってるよ母さん。だけど、決めたんだ。

決めた——。

（そう、俺、自分で決めたんだ。選んだんだ。傷ついてもいい。自分で選んだ人生を生きたいって……だけど）

だけどあの時は知らなかった。傷つくことが、こんなに苦しいなんて……。

翼は手の甲を唇に押しつけて、嗚咽《おえつ》をかみ殺す。

（命の価値にも、存在の価値にも、階級があるのかよ……？）

一年も憧れつづけた澄也に自分を知ってもらいたかったけれど、澄也のなかで翼はロウクラスのシジミチョウでしかない。青木《あおき》翼という一人の人間として、受け入れてもらうことや認めてもらうこと、あの時もらった勇気にお礼を言うことのすべてが急にばかばかしく空しく思えた。

（頑張るだけじゃ、だめなのか……？）

ままならなくて、どうしていいか分からなくて、翼はエレベーターの中に小さな体をいっそう小さく縮ませて、うずくまった。

いつまでそうしていたのだろう。

気がつくとエレベーターはとっくに一階についており、翼はのろのろと立ち上がった。北校舎にはもう人気がなく、薄暗い廊下には窓から西日が差しこんでいる。

「すごい匂い。また澄也に抱かれたみたいでよかったなあ？」

北校舎の出口にさしかかった時、ふと声をかけられて翼は足をとめた。壁にもたれ、西日を横顔に浴びながら飴宮が立っていた。飴宮の人形のように美しく整った顔の中で、瞳だけがいらだちをあらわにして翼を睨んでくる。

「……べつに、俺が頼んだわけじゃないです」

それだけ言って頭を下げると、翼は飴宮の横をすり抜けた。背後で飴宮が「お前、マジでむかつくよ」と呟くのを無視する。その時だった。

突然後ろから羽交い締めにされ、振り向くより先に小さな体を持ち上げられた。悲鳴を出す間もなく、鳩尾に重い衝撃を喰らう。

「あ……う、あ……」

喉の奥から細い声が漏れたのを最後に、翼は意識を失った。

――これじゃ確かにゲテモノ食いだぜ、発育の悪いガキだな。

――この程度で澄也に迫るなんて、いい根性してるだろ？

体が痛い、と翼は思った。ゆっくりとのぼってくる意識の向こうから、数人の男の声が聞こえてくる。時に彼らは嘲るように笑い、翼を罵《ののし》っている……。

「お姫様がお目覚めだぜ」

ぼんやりと眼を開けた翼は、はじめなにが起きているのか理解できなかった。

翼がいる部屋は薄暗く、雑然としていた。窓から西日の残光がこぼれ、部屋に置かれた机や椅子《いす》、古ぼけた巻地図やロッカーなどの輪郭《りんかく》がうっすらと浮かんで見える。どうやら使われていない教室のようで、翼を囲むようにして三人の男が立っていた。

一人はベッコウバチの男——飴宮。それから、飴宮と同じように背が高くしっかりした体つきの男が二人だった。見た目には星北学園の生徒らしく、きちんと制服を着た品のある男が一人。しかしその優雅な笑みには、どこか酷薄な印象がある。そしてもう一人はそれとは反対に、制服を着崩し髪を逆立てた眼つきの悪い男だ。

どちらも翼を見る眼に珍しい動物を見るような残酷な好奇心が浮かび、翼は背筋に冷たいものを感じた。しかも手首を縛られ、とても逃げられるような雰囲気ではなかった。

「怖いか？　シジミチョウ。俺たちのパーティーに招待してやったんだぜ」

飴宮が眼を細めて、翼に近寄ってくる。翼の心臓は緊張と恐怖で強く鼓動しはじめた。

「……アンタ、なんでこんなことすんだよ？」

それでも声が震えないように意地を張り、翼は近づいてくる飴宮を睨み上げた。

「お前にアンタなんて呼ばれたくないよ、下等種」

突然、鳩尾を蹴り上げられる。飴宮のつま先が腹にくいこみ、翼の小さな体はボールのように吹き飛んだ。たてかけられた巻地図に背中から突っこんで、頭の上に何本も重たい地図が落ちてくる。一瞬意識が遠のき、頭がくらくらとしたあと、口の中に血の味が広がった。蹴られた腹はたぶん、青あざになっている。信じられないくらい痛い。

「おい飴宮。あんまり乱暴はやめとけよ、そいつ小さいから死んじまうぞ」

見ている連中は助けるでもなく嗤っている。翼にはわけが分からない。

（……こいつら、頭おかしいんじゃないか？）

「今のはお前が澄也にまとわりついた罰だよ。一回も抱いてもらえてうれしかったかあ？」

翼は飴宮に襟ぐりを摑まれ、巻地図の山から引きずり出された。

「俺が……まとわりついてるわけじゃない。昨日だって、今日だって……澄也先輩が」

言いかけたとたん、飴宮の眼にぎらりと怒りがたぎった。翼は乱暴に床へ投げつけられて、悲鳴をあげた。打った背中が痛い。

「お前、ふざけるなよ。それじゃまるで、澄也が俺に満足しないでお前を抱いたみたいだろうが。下等種と同等扱いされるなんざ、まっぴらなんだよ」

飴宮が怒鳴りちらし、見ている二人は「まあまあ」とおざなりな慰めをかけている。

（逃げないと……殺される）

見上げた飴宮の眼には尋常じゃない憎しみが宿っている。好きな男を盗られた憎しみなのか、ハイクラスとしてロウクラスと同列に抱かれたことへの怒りなのか、たぶんその両方だろう。それもこれも、翼がシジミチョウだから……。

「なあこれ、なにか知ってるか？」

飴宮が面白がるように口の端を歪めて嗤い、右手の人差し指を見せてきた。美しい爪の先端がキュルキュルと伸びて細い針になり、そこから黄味がかった液体が垂れだす。

「ハチ種の毒は数種類ある。そのうち一番効果的なのが神経毒だ、これを打たれると体が痺れて動けなくなる」

　翼は全身から、じっとりと冷たい汗がふきだすのを感じた。神経を麻痺させる毒などまともに受けたら、逃げ出すことは完全に不可能だ。部屋の中に視線を走らせると、窓が一つ開いている。飛んで逃げるしかない、と翼は思った。チョウ種は飛べるといってもせいぜいが数メートルほどだが、逃げることはできるはずだ。寮まで行けば、真耶《まや》や兜に庇《かば》ってもらえるかもしれない。

　翼は跳ね起き、背中に渾身《こんしん》の力をこめた。着ていたシャツがめくれあがり、一息に瑠璃色の翅が広がる。翅を大きくはためかせ、翼は窓めがけて一直線に飛んだ。だがその瞬間、背中に焼けつくような痛みが走った。

「う……ああ……っ」

　翼の翅は力を失い、鱗粉が散った。一メートルほど浮き上がっていた翼は、そのまま床に落ちてうつ伏せに倒れこむ。

「ちょうちょはすぐに飛ぼうとするなあ」

　ずっと横で見学していた眼つきの悪い方の男が、嗤いながら言った。見れば、彼の片手が巨大な鎌に変化していた。この男はカマキリなのだろう。その鎌には、翼の鱗粉がきらきらと付着している。振り返ると、翼の翅の縁が鉤裂きに破れていた。翅を切られたのだと知った瞬間、泣きたいほどの痛みと悲しみに襲われた。弱弱しく翅を寝かせても、切られた痛みはとまらない。

　この翅ではもう飛べない。翼が翅をしまおうとした時、飴宮が翼の片翅を摑んで無理やり引っ張ってきた。

「翅をもぎとってやろうかァ？」

「うあああっ」

　裂かれた翅に激痛が走り、翼は身をよじった。チョウ種にとって翅を傷つけられることは、心臓を突き刺されるのと同じくらい死の恐怖をかきたて、本能的な誇りを傷つける。

「ロウクラスのくせに、翅だけはきれいじゃねえか……黒がまざってるけどな……」

　じろじろと翅を観察している飴宮の足に、翼は残った力を振り絞ってしがみついた。驚いた飴宮の手が離れた瞬間を狙って、翅を背中にしまいこむ。裂かれた翅がしまわれると、肩甲骨の後ろから血が流れてきた。同時に飴宮に腹を蹴られ、翼は床に転がった。

（痛い……痛い……痛い……）

　背中も腹もじくじくと痛みに焼け、翼の呼吸は浅くなる。と、飴宮が蹴った翼の腹の上に足を乗せて、ぎりぎりと踏みにじってきた。

「あ……、痛い……っ、離せ……」

　痛みで頭が痺《しび》れ、視界がかすみ、翼の眼尻が濡れた。飴宮は足を退けると翼の襟ぐりを摑んで、自分の鼻先へ引き寄せてくる。

「学園から出て行けよ。出て行くなら、ここでやめてやるぜ」

なかば朦朧としながら、翼は飴宮を見返した。どうして――ここまで言われるのだろう。脳裏に、澄也の姿が蘇った。澄也に会いたくて、頑張って生きてみたくてこの学校へ来た。けれど現実は厳しくて、真耶や央太《おうた》や兜は優しいがそれ以外の人たちは翼を受け入れてくれない。本当は翼だって、もう家に帰りたい――。けれどこんな男に言われて、引き下がるのはどうしても嫌だ。翼は「出て行かない」と喘いだ。

飴宮は怒りで赤くなり、翼はまた床に投げ出された。

「鎌野《かまの》、黒川《くろかわ》、好きにしていいぞ」

呼ばれた二人が、なぜか楽しそうに返事をする。

「ロウクラス相手に、勃《た》つかねえ」

「鎌野やったことないの？　俺はロウクラス好き。体小さいからよく締まるんだよ」

なにをされるか察して、翼は震えた。慌てて逃げようとしたものの、無駄だった。立ち上がろうとした時、首をかすめて巨大な鎌が落ちてきたのだ。鎌野と呼ばれた男が、ニヤニヤしながら「動いたら切るぜ」と釘を刺してきた。

「鎌野、焦りすぎ。もうちょっと優雅にやろうよ」

黒川という男は呆れたように言うと、翼の小さな体をひょいと持ち上げて、自分の膝の間に背中を向けて座らせてきた。その瞬間、鎌野の鎌が翼の制服を切り裂き、翼のシャツはちぎれて胸がさらされ、ズボンは乱暴にはぎとられた。

「この子、澄也の匂いがべっとり。あとで餌を奪ったって怒られないかなァ」

「そんなシジミチョウ一匹、澄也が本気なわけあるか」

黒川の言葉に飴宮が言うと、鎌野が皮肉な笑みを浮かべて眼を細める。

「だよなあ、澄也のやつ、飴宮が俺とヤッた時は気にもしなかったしな？」

「うるさい、さっさとやれ！」

飴宮に噛みつかれ、鎌野は「ハイハイ」と肩を竦めている。

「い、いやだ、やめろよ……っ」

翼はもがいたが、黒川が「すぐ気持ちよくなるよ」と呑気な口調で言いながら、翼の両方の乳首をきゅっとつまんでくる。とたんに翼は背をしならせた。

「や、やだ……っ」

「かわいい。感じるの？」

「お前は手ぬるいんだよ。俺ならこうするぜ」

黒川の優しげな手つきに焦《じ》れたように、鎌野が不服そうな声を出した。いまだに鎌になったままの手を伸ばし、鋭い切っ先で翼の乳首をつつこうとする。翼は恐怖で叫び声をあげた。怖くて怖くて、わけがわからなくて涙が溢れた。

「かわいそうに、泣いちゃったじゃない。シジミちゃん大丈夫だよ、俺が蜜あげる。俺クロアゲハだから下位種のきみには効くと思うよ、すぐ気持ちよくなるから」

黒川が無理やり翼の顎をあげ、口づけてきた。舌を入れられたとたん、ねっとりと甘いものが口のなかに広がる。大型チョウ種の持つ蜜は、相手から力を奪い淫らな気持ちにさせるらしい。黒川は指の股に翼の乳首を挟み、大きな手のひらで翼の胸を覆うようにして揉んだ。体にうずくような熱が広がり、萎縮していた性器がふくらんで勃ちあがった。

「おい黒川、もういいだろ。その口使わせろ」

「性急だなあ。これだから肉食種って」

黒川が翼にキスをやめたとたん、鎌野はズボンをくつろげ、自分の性器を翼の口に突っこんできた。

「ん、んうぅっ」

「ちゃんと飲み込めよ。歯、たてたら切るからな」

鎌野に髪の毛を摑まれ、翼は頭を固定された。口いっぱいに男の性器を頰ばり、嫌悪で眼の前が暗くなる。鎌野は勝手に腰を振り、翼の喉の奥を突き始めた。何度もえづき、吐きそうになったが許されず、そのうちに黒川が片手を翼の性器へ伸ばして擦りはじめた。快楽と苦痛が一緒くたに襲ってきて、翼の頭の中はぐちゃぐちゃだった。

「ねえ飴宮、この場面写真に撮ったらどうかなあ。こんなことされてても前は元気な淫乱シジミちゃんってテーマで」

優しげな声で黒川がとんでもないことを言いだし、入り口で煙草を吸っていた飴宮が制服のズボンのポケットから携帯電話を取り出す。

「ひや、ふ、んん、んーっ」

翼は抵抗しようとしたが、その瞬間鎌野の性器が口の中で弾けた。

「ちゃんと飲めよ」

まだ口の中に入れられたまま数度揺さぶられ、気持ちの悪い精液がどろりと喉を犯す。放された時翼は残りをぼとぼとと胸の上にこぼしたが、もうわけがわからなくてしゃくりあげていた。その時フラッシュがまたたいて、飴宮が携帯電話で写真を撮り始めた。

「はは、ひどい写真。不細工なツラ」

「そう？　結構かわいいよ、この子。小さいちょうちょって眼が大きくて」

「黒川はブス専だからな」

彼らの嗤い声が、翼の意識の遠いところでぐるぐると回った。体が震え、涙はひっきりなしに出るのに頭の中がぼんやりと膨張したように覚束なく、思考がまとまらない。自分がなにをされてどこにいるのか、まるで分からなくなる。翼が体から力をぬいたとたん、花蜜の匂いが溢れて甘く広がった。

「あ、この匂い。これこれ、ロウクラスのちょうちょってこの匂いがいいんだよね」

黒川が言うと、鎌野が浅く息をついている翼の顔をじっと覗きこみ、下唇を舐めた。

「へえ、悪くないな。今度は下につっこみたい」

(だめだ、最後までされる……)

「……あのさ」

翼は力の入らない弱々しい声で、足を抱え上げてきた鎌野に聞いた。

「なんで俺……こんなめに遭わなきゃなんねえの……？　他の、澄也先輩とセックスしたヤツらも……アンタらにリンチ受けてるわけ……？」

その言葉に鎌野が嗤った。

「バーカ。んなわけあるか。澄也の他の相手は全員ハイクラス種だろ」

——あっそう……。やっぱりな。

(……俺がロウクラスだからかよ。お前ら全員、地獄に落ちやがれ……)

翼は諦めて、ぐったりと眼を閉じた。体には澄也の媚毒と同じ効果の黒川の媚蜜が回っているはずなのに、撫で回してくる二人の手が気持ち悪くて吐き気がした。

(澄也先輩のは……気持ちいいのに……)

その時教室の引き戸がガタガタと動きだした。誰かが開けようとしているようだが、内鍵がかかっているので開かない。と、扉の上下左右四点を突いて、銀色に光る針金状の糸が飛び出し、糸鋸のように扉をバラバラに切り裂く。廊下から蛍光灯の光が差し込み、入り口に男が一人仁王立ちしているのが見えた。

「す、澄也……」

次の瞬間、澄也が動いた。頬を殴られた飴宮が吹き飛び、机にぶつかってけたたましい音をたてながら落ちた。鎌野が青ざめ、鎌に変えた片手を振り上げたが、一歩教室に入ってくる澄也の迫力に圧されたようにごくりと息を呑んだ。

翼は教室に落ちた澄也の影が、人型からゆっくりとタランチュラに変化していくのを見た。丸く太い胴体に、長くまがまがしい八本の足が生えてうようよとうごめいている。畏《おそ》ろしくおぞましい、クモの王の影。澄也の琥珀の眼はいまや残虐な狩グモの名のままに、ぎらぎらと底光りしている。

「よくも俺の餌に手を出したな。どうなるか覚悟はあるんだろうな？」

鎌野が「いつもは執着《しゅうちゃく》しねえくせに」と鼻で嗤うと、澄也は眼を細くした。

「黙れよ、カマキリ。おとなしく飴宮を連れて行け。それとも俺に狩られるか？」

澄也の爪の先から針金状の硬い糸が稲妻のように飛び出し、教室中に網を張りだす。巻地図も机もロッカーも、邪魔なものはすべて貫き、切り刻みながら――。

「降参、降参。鎌野、行こうよ。澄也には敵わないって」

黒川は軽い調子で言い、翼を放した。鎌野も舌打ちして立ち上がり、気絶している飴宮を担ぐ。澄也が教室中に張っていた糸を一本引っ張ると、網はあっさりと床に落ちた。

「……翼」

ぼんやりと成り行きを見つめていた翼は、澄也に呼ばれて我に返った。澄也に近づかれたとたん、翼は無意識に体を丸め、澄也から逃げていた。自分の意志とは無関係に、体はガタガタと震え、ひっきりなしに涙が溢れ、翼はしゃくりあげた。

澄也がそっと膝をつき、手を伸ばしてくる。翼は全身を竦ませた。怖い。

「さ、触るな」

漏れた声がひどくかすれて弱々しい。こんな声は自分のものじゃない。そう思うと情けなさと悔しさと怒りと恐怖で頭の中がパニックになる。

「……なにもしない。腕の縄を解いて、お前に服を着せたい。約束する、それだけだ」

澄也は痛みをこらえるような顔で言うと、長い指をそっと差し出してきた。ゆっくりと肩に触れられ、翼はびくりと震えた。けれど澄也の手つきの優しさに、だんだんと動悸がおさまっていく。

翼は服を着せてもらい、澄也に横抱きにされて寮に連れて行かれた。翼の耳のところにちょうど澄也の左胸が当たって、厚い胸板の奥で脈打つ心臓の音が聞こえていたが、それはなんとなく早いように思えた。

澄也も驚いたのだろうか――そう思うと、翼はやっと少し落ち着いた。緊張が解けたとたん、翼は気を失って澄也の腕の中で眼を閉じた。

五

翼《つばさ》は眠っていたらしい。眼覚めた時、枕元には澄也《すみや》が座っていた。

そこは翼の部屋ではなく、澄也の部屋だった。ベッドサイドにぼんやりと灯ったライトの他に光源はなく、窓の外はとっぷりと暮れてもう夜になっていた。

「……なにか飲むか？」

澄也は最初ためらいがちに伸ばした手で、そっと翼の額を包んできた。自分の額にも同じように手を当てて、澄也は翼の熱をはかっているようだった。

頭の奥にじんじんと痛みがあり、まだまどろみから完全には起きていない状態で、翼は自分がどうしてここにいるかを思い出した。ベッコウバチの飴宮《あめみや》に捕まってリンチを受け、途中で澄也が救い出してくれたのだ――。

しゃべらないでいる翼をどう思ったのか、澄也はミネラルウォーターのボトルや錠剤を持ってくると翼の上半身を抱き起こし、背中にクッションを二つ入れて凭《もた》れられるようにしてくれた。

「傷は打ち身になっていた。一応手当はしたけどな……痛み止めだ、飲め」

翼はバスローブに着替えさせられており、腹には湿布と包帯が巻いてあった。打ち身はもちろん痛かったが、それより疲労がすごかった。体だけではなく心も疲れきり、なにも考える気力がわかない。ただ言われるままに水を飲み、錠剤を飲んだ。

「飴宮がまたなにかしないとも限らないから、具合が直るまでは俺の部屋にいろ。お前の同室者……白木《しらき》とかいったか？　明日、見舞いに来ると言っていた」

央太《おうた》が泣きべそをかいている姿が思い浮かび、翼は胸が痛んだ。それにしても、どうして澄也はこんなによくしてくれるのだろう。罪悪感だろうか、とも思ったが翼にはよく分からなかった。

「……先輩、どうして俺が飴宮たちとあそこにいるって分かったんだ？」

ふと、翼は訊いた。喉に力が入らず、声は思った以上に弱々しくなった。澄也は一瞬決まり悪そうな顔をし「お前が泣いてたから」と言った。

「え？」

「生徒会室を出る時に泣いてただろう。追いかけるつもりで、お前に細い糸をつけておいたんだ。それをたぐっていったらあの部屋について、様子がおかしいと思って外でしばらく音を聞いていた」

そうだったのか、クモ種の糸というのはチョウ種の翅と比べるとなんとも便利なんだなと感心しながら、やっぱり翼には、澄也がどうして自分を追いかけるつもりだったのかは分からなかった。

じっと自分を見つめる澄也の眼は静かで、どこか痛みを我慢しているようだ。澄也は長い指でそっと翼の額に触れ、汗ではりついた前髪をはらってくれた。そうされても、もう恐ろしさは感じない。どうしてか翼は、「俺、小さい頃から」と呟いていた。

「すごく体が弱くて……いつも母さんに翼はなんにもしなくていい、頑張らなくていいって言われてた」

澄也は黙ったまま、翼の話を聞いてくれている。

「でも本当は俺、そんな自分が嫌いだった。なんにもしないで、頑張らないでもいいって他の人からしたら贅沢に思えたかも。……だけど、なんだか生きてる気がしなくて」

「……俺はなんて言ったんだ？」

ふと澄也が、翼に訊ねてきた。翼は質問の意図をはかりかね、大きな瞳をぱちぱちとしばたく。

「テレビで。お前、俺の言葉を聞いてここに来たって言ってなかったか？　俺は、なんて言ったんだ？」

翼は微笑んだ。何回、何千回と胸の中で繰り返した言葉だから、そらで言える。

「『自分の人生を生ききったら幸せだ』って。俺、先輩が俺に言ってくれた気がした。だから、頑張ったらいいことがあるんじゃないかって思った……」

言いながら、翼の声は尻すぼみになっていった。頑張ったら──けれど実際は、頑張ってもなかなかうまくいかない。

それじゃ俺はお前の期待を裏切ったんだな、と澄也が呟いた。

「……もし本当にそう言ったんなら、多分ただの皮肉だったんだ。俺はお前のように、命の重みを考えたことはない。当たり前のようになんでも手に入れてきたし……。俺は十八年生きてきても、生きたという気がしない……」

澄也は素っ気ない顔で呟いたけれど、なぜか翼には澄也が見知らぬ町の中で、途方に暮れて立ち尽くしている迷子のように見えた。完璧な美貌と強さを持ったタランチュラが、自分より脆《もろ》く見えるなんてどうかしている。でも、

(この人の中に、空っぽなところがある……)

その空っぽなところを、翼も知っている。だから分かる気がする。

ふと澄也が、ベッドサイドから二枚の紙を翼に差し出した。一枚はくしゃくしゃになったものを引き伸ばした部活動一覧表。もう一枚は、入部届。翼が生徒会室に投げ出してきたものだ。丸めたものをわざわざ伸ばしてくれたのかと思うとちょっと意外な気がしたけれど、翼は受けとるや空しい気持ちに襲われた。

「……もういいんだ、これ。要らないんだ」

「部活に入るんじゃないのか？」

そっと澄也に訊かれ、翼は苦笑して、首を横に振った。

「どこも入れてくれないんだ。俺、シジミチョウだから。ま、いいんだ。なんでもいいから、いろんな人と一つのこと頑張ってみたかっただけ……」

脳裏に飴宮の言葉が蘇り、翼は口をつぐんだ。出て行け、と言われたのだ。

「俺、この学校から出て行ったほうがいいかなあ……」

そんなことを言うつもりなんてなかったのに、ぽろっと弱音がこぼれた。一人言だった。澄也にも、聞こえるか聞こえないかのような声だった。もう少し頑張りたい、頑張ろう。でも頑張れない……。

落ち込んでいく気持ちに翼はハッとなって顔をあげ、取り繕うように笑った。

「なんちゃって。せっかく入ったんだから、先輩に出てけって言われても……」

落ち込んではいけない。自分で自分がかわいそうに思えたら、そこから立ち直っていくのにとてつもなく時間がかかることを、翼は知っている。それなのに、強がる言葉が途中で途切れてしまった。笑おうとして、けれど笑えなくて、翼はうつむいた。震える小さな唇を、きゅうっと噛みしめる。

「出て行くな」

その時澄也がはっきりと言い、翼の頭を引き寄せてきた。翼は眼を見開く。

澄也の厚い胸に、優しく抱きしめられていた。その腕の強さに、翼は傷ついた心ごと体を包まれたように感じた。澄也の体は大きく、温かい。寄りかかってもまるごと受け止めてくれているようで――どうしてか安心し、翼は泣き出しそうになった。

「ここにいろ」

もう一度、今度は耳元で澄也が言う。

（……俺、いていいの？）

喉の奥がつんと痛み、とたん、翼は細い肩を震わせた。熱い涙が眼の上に盛りあがってきて、我慢できなくなる。翼は澄也の腕にすがりついて嗚咽した。

澄也は大きな手で、翼の頭をずっと撫でてくれている。額に、そっとキスをしてくれる。

頑張りたい、頑張ろう。もう少し、頑張れる……。澄也がいていいと言ってくれるなら。

泣きじゃくりながら、翼は自分を抱きしめてくれる澄也の腕の強さを感じていた。

結局、翼は怪我《けが》を治す三日の間、澄也の部屋で過ごした。四日めの夜、やっと自室に戻った翼は、央太の熱烈な歓迎を受けた後で意外な事実を聞かされた。それは、翼を襲った飴宮とその仲間の二人がそろって謹慎処分になったという話だ。

「澄也先輩が理事長に言ったんだって。澄也先輩と学園の理事長って知り合いなんだ」

央太に聞いた翼は素直に驚いた。澄也が翼のためにそこまでしてくれるとは考えていなかったのだ。

「それにしても澄也先輩かっこよかったよぉ、気絶してる翼抱いてさ、僕が泣いてたら『俺が翼を守るから心配するな』って言ったんだから！　痺れるぅ」

翼は寮の部屋で、央太とベッドに並んで腰かけていた。央太は話しながら興奮したように枕を抱きしめ、翼の薄い肩にかわいい頭をぐりぐりと擦りつけてくる。

「澄也先輩ね、翼のこと、結構好きだと思うなぁ……」

頬っぺたを桃色に染めて央太が耳打ちしてきたが、翼は「まさか」と笑った。

「だって俺、初日に嫌いって言われてるんだぞ」

とはいえ、ここ数日の澄也は翼に同情してか優しく、翼もうれしかった。好かれていなくてもよかった。澄也が「ここにいろ」と言ってくれたのだから、三年間それだけで頑張れる気がする。飴宮たちにされたことは思い出すと今でも怖いが、翼はそういう時澄也が自分を抱きしめて「出て行くな」と言ってくれたことを思い出すようにした。そうすると恐怖や弱気が和らいで、また頑張れる気になる。

「ちょっと失礼するよー、シジミちゃん、央ちゃん」

部屋をノックして、兜《かぶと》と真耶《まや》が入ってくる。翼はベッドから降りたが、真耶にそのままでいいよ、と押し戻された。兜は翼の勉強机の椅子に座り、真耶はベッドの端に腰かける。

「元気になったみたいで本当に良かった。もう傷は痛まない？」

顔を覗きこんできた真耶に、翼は「心配かけてごめんなさい」と素直に頭を下げた。

「悪いのは翼くんじゃなくて、澄也とその仲間たちだよ」

真耶がツンとした様子で言い放つ。真耶は澄也を飴宮たちと同罪だと思って、いまだに許していない。けれどどうやら真耶と兜と澄也は長年の幼なじみらしく、これだけ憎まれ口を叩けるのも親しさの裏返しなのだろうと、翼にも最近分かってきた。

「シジミちゃんにこれ、書いてほしくてね。今週中でいいから」

翼は兜にクリアファイルを渡された。見ると中になにかの書類一式が入っていた。なんだろうと首を傾げていると、兜が「生徒会入会のための定型書式なんだ」と説明したので、翼はびっくりして顔をあげた。

「翼くんさえよかったら、僕の下で書記をやってくれない？　今年はもともとメンバーが少ないんだ。それね、翼くんの担任からも推薦状とってあるし……澄也も、推薦状書いてくれたから」

「え？　え？　澄也先輩が？　でも俺……ロウクラスなのに、いいんですか？」

話についていけずに翼が眼を白黒させていると、兜がいきなり拝むような姿勢で翼に手を合わせた。

「いいもなにも……お願い、シジミちゃん。入って！　シジミちゃんに来年度の予算5％

拡大がかかってるんだよ！」

ますます困惑した翼が助けを求めて真耶を見ると、真耶はため息をついた。

真耶によると、翼が生徒会に入れば澄也が「知り合いの」理事長に来年度の生徒会予算拡大について口添えしてやる、と言ったらしい。翼の担任からの推薦状も澄也がとってくれたという。

「もちろんオレも独自で拡大申請は出すけど、澄也クンの口添えがあるとかなり有利になると思うんだよ」

「生徒会は部活動と同じくらい忙しいし大変だけど……僕と兜が一人一人目をかけて選んでる子ばかりだから、ロウクラスだからって翼くんを見下したりしないよ。特別奨学生枠で入ってきたきみを応援したいっていう子が、少数だけど他にもいるんだ。だから、飴宮たちみたいな連中はいないと思って大丈夫。やってみない？」

あまりのことにぽかんと口を開けていた翼は、真耶に手を握られてうなずいた。心臓が急にドキドキと高鳴り、頬に熱がのぼってくる。部活動でさえ諦めていたのに。自分が生徒会なんて大それた場所に仲間入りできるなんて夢にも思っていなかった。幸福がいっぺんにやってきたようで、翼は気持ちが追いつかない。

横で聞いていた央太が本当にうれしそうに笑ってくれ「よかったね」と言われて、翼は思わず央太に抱きついたのだった。

七日後、翼の生徒会書記着任が正式に認められた。

生徒会来年度予算の拡大は前向きに検討されることになったらしい。真耶いわく、学園の理事長は澄也の親戚のようなもので、兜は前々から澄也に協力をあおいでいたようだ。

「澄也は理事長が大の苦手でね、兜はずっと断られてたんだけど……翼くんのことがあったから、やっと重い腰あげてくれたみたいだね」

にっこり笑った真耶は、「でも感謝することなんてないよ、これくらいして当然なんだから」とつけ加えるのを忘れなかった。とはいえ、翼にしてみればそうもいかない。

夕食が終わった後、翼は澄也の部屋を訪れ、入っていいものか迷いながらため息をついていた。今日は澄也にお礼を言いにきたのだが、一週間前に澄也の部屋を出て自室に戻ってから一度も顔を合わせていないから、なんだか気まずかった。この部屋で看病されていた三日間は――どうしてか毎日、澄也にキスをされていた。それも何度も何度も顔を合わせるたびに。

思い出すと頬が熱くなる。また部屋を訪れたら、巣にかかりにきたと勘違いされるかもしれない。

（でも俺は、お礼を言いに来ただけだし……お礼は言わなきゃ）

意を決して大きく深呼吸し、翼は部屋の扉をノックする。応える声はなかったが、かわりにゆっくりと扉が開いた。見ると、内側のノブに糸がかかっている。入っていい、ということだろう。部屋に入ると澄也の甘い香りが鼻腔をくすぐる。警戒していた巣はなく、澄也は奥の勉強机に座って、背表紙に『Medizinlexikon』と書かれた分厚い本を読んでいた。アルファベットだが綴りが読めない。翼の知らない外国語だ。澄也が琥珀の眼を向けてきたので、翼はどきりと胸を鳴らした。

「……あの、俺、生徒会に入れることになりました。先輩が推薦してくれたって聞いて……あの、ありがとうございました」

「べつに」

素っ気なく返され、会話が終わってしまった。翼はしばらく会話を探したが、なにも思い浮かばず「じゃあ失礼しました」と頭を下げて出て行こうとした。その時、澄也が分厚い本を机の上に戻した。

「お前、風呂は入ったのか？」

「まだですけど。央太と一緒に共同風呂行こうって約束してるから」

翼がそう答えると、澄也の眉が寄る。不機嫌な声で「そんなところには行くな」と言われ、翼は首を傾げた。

「男が大勢いるだろうが。俺と入れ」

「え？　なんでだよ？」

ますます首を傾げると、澄也が苛立《いらだ》ったように翼の腕を掴んで引っ張ってきた。ぐいぐいと部屋のバスルームに連れて行かれ、翼は眼を白黒させた。

「ちょっと、なんで俺が先輩と風呂入るんだ？」

「感謝してるなら、それくらいしろ」

どうして感謝していたら一緒に風呂に入るのか。わけがわからないまま脱衣所に押し込まれ、シャツのボタンをはずされて翼はムッと澄也の腕を押さえた。

「先輩、また俺のこと餌だと思ってるんだろ⁉」

「そんなふうに思ってはいない」

澄也の手が止まり、ため息をつかれた。まっすぐに見つめられ、翼はたじろぐ。

「……お前を、物だなんて思ってもいない。嫌なのか？」

嫌かと訊いてきた時の澄也の眼差しが一瞬さみしそうに見えて、翼はどきりとした。

（なんか、調子狂うなあ……）

強引で傲慢《ごうまん》かと思えば、急に優しくなったりする。翼が嫌いだと言いながら、生徒会に入れてくれたり看病をしてくれたりする。だからだろうか、嫌だと思えない自分がいる。

翼は澄也に根負けして、しぶしぶとシャツのボタンをはずした。

「シャツくらい、自分で脱げる」

恥ずかしくてまっ赤な顔で睨むと、澄也が満足そうに微笑んだ。

澄也の部屋のバスルームは、翼の部屋についているユニットバスとは比べ物にならないほど広かった。浴槽は澄也のように背の高い男でも苦にならないくらい大きい。

「俺、先輩の背中とか流したほうがいいのか？」

「なにもしなくていい」

お礼がわりに入れというのだから、背中でも洗えと言われるかと思っていたが、澄也は特になにも強要せず、翼は浴槽に並んでつかりながらまともに顔を合わせるのも気恥ずかしくて、バブルバスの泡を玩ぶのに夢中なふりをした。

視界の端に見える澄也の体は引き締まり、無駄な贅肉は一切なく、きれいについた筋肉の凹凸が、完成された男の色気をかもし出している。なぜか照れてしまい、翼はとても正面から見られなかった。

「うわ」

突然湯の中で腕を摑まれ、翼は声をあげた。

「こっちへ来い」

澄也に引っ張られ、小さな体をいとも簡単に回転させられて、そのまま背中から抱き寄せられた。

「な、なに、なんでこんな体勢すんの？」

肌が密着して、翼は一気にのぼせた。澄也が湯の中で翼の薄い胸を抱きしめ、細いうなじに優しく口づけてきた。

「……お前があのアゲハとカマキリに触られてるのを見た時、久々に頭に血が上った」

（アゲハとカマキリ？）

一瞬不思議に思った翼は、それが鎌野《かまの》と黒川《くろかわ》のことだと気がついた。

（あ……俺、先輩の匂いついてたもんな）

「先輩、餌場を荒らされるの好きじゃないんだっけ？　それで腹立ったんだ」

「……べつに、誰にでもそうというわけじゃない」

翼が言うと、澄也がどこか拗《す》ねたような低い声で呟いた。よく聞こえなくて「え？」と問い返したけれど、澄也が悪戯《いたずら》するように翼の両乳首をくい、とつまんできたので、その会話は流れてしまう。

もどかしい快感に、翼は体をぴくんと揺らした。澄也は淡く背をしならせた翼の首筋をちろちろと舐めながら、

「またお前に、俺の匂いをつけたい。……だめか？」

と訊いてきた。尻の割れめに硬いものがあたっている。間違いなく、それは澄也の雄だ。

（うそだろ……もう、そんな大きく）

「や……あ……」

既に勃ちあがっているらしい澄也の杭が後孔にぎゅっと押しつけられると、体の奥がぞくりと震えて翼は眼をつむった。

「あ……」

薄い胸の肉を寄せられ、乳首をこねられる。甘い痺れに翼は顔をまっ赤にした。

「あ……、んッ」

顎を上向かされ、あっという間に唇を塞がれる。差し込まれた澄也の舌が咥内を蹂躙《じゅうりん》し、どこか性急で吸いこまれそうなキスに、翼は甘い声を出してしまう。

「んん……んっ、ふ、う」

唾液から、澄也の媚毒が全身に回り始める。

「お前に挿れたい。翼……いいと言ってくれ」

キスの合間、澄也は訊きながら硬くなりはじめた翼の性器を握り、もみこんでくる。

「んん、あ……っ、あ……、んっ」

「挿れていいか？　翼……挿れたい……お前に」

澄也の声は情欲でかすれている。それを聞くと翼は体の奥がきゅうっと締まる気がした。心臓が絞られて、痛いような気持ちいいような、妙な感覚だった。

ほしい。

挿れてほしい。媚毒に犯されているせいなのか、自分自身がそう思っているのか分からない。ぼやけた頭で、翼は澄也が欲しいと思った。

うなずくと、体を持ち上げられる。翼は浴槽に手をついて腰を浮かせ、湯の中に立って澄也の方へ尻を突き出す恥ずかしい格好をとらされた。

(俺……絶対、ヘンだ)

こんないやらしい格好が、どうして平気でできるのか自分でも分からない。

「糸を使うが、お前を楽にするためだけだ。嫌がるな」

何度か入れられたことのある湿った糸束がうねりながら翼の後孔に侵入して、内部をじゅくじゅくに濡らしていく。

「あ、あ……あっ、ああっ、あっ」

中の気持ちいい場所を何度も刺激されて内股が震え、翼は後孔から蜜をこぼす。小ぶりの尻が揺れ、中がきゅんと締まる。澄也が翼の卑猥な後孔を見つめ、見られる恥ずかしさに体の奥がうずうずと騒いで、翼の性器はさらに硬くなり、いやらしい蜜でそぼ濡れた。

(は、恥ずかし……いのに)

飲み込んだ糸束を締めつけて揺れ、もっと擦ってもらおうと体が前後に動いてしまう。

「あぁ……っ、せんぱ、先輩、もう、もう……」

背筋がぶるぶると震え、翼は懇願《こんがん》した。もうあとちょっとで達してしまいそうなのを、必死で食い止めている。ふくらんだ性器からはじゅくじゅくにこぼれた蜜が風呂の湯面にぽたぽたと落ちていく。翼の細い体は桃色に染まり、ぴくんぴくんと震えていた。

糸束がちゅるちゅると後孔を抜け、かわりに熱くたぎったモノが、翼のすっかり和らいだ後孔にぬるうっと侵入してきた。

「あ……ああっ、あっあっあっ」

濡れた肉を押し分け、澄也の杭が挿入される。先端が入ると、不意に澄也が腰を突き入れてきた。

「あ、ああ、あああっ」

根元まで押しこめられた瞬間、翼はびくっと体をしならせた。一瞬で頭の中が白くなり、性器に切ない快感が極まり、白いほとばしりを湯面に放っていた。

「あ、ああ……、はぁ……んっ」

びくっびくっと体が震え、翼は後孔で澄也の杭を食べるようにぎゅうぎゅうと締めつける。体から力がぬけて落ちそうになると、澄也の糸がゆったりと翼の胸を受け止めた。

「翼……」

背に、キスされる。

「せんぱ、ごめ、俺……い、イっちゃて……」

「構わない」

澄也の手が、精を吐き出したばかりの翼の性器を握った。性器をやわやわと揉みこまれながら、濡れてすっかり柔らかくなった後孔を澄也の杭がゆっくりと擦ってくる。

「ん、んぁ……」

秘奥の一番感じる部分を刺激され、すぐに翼は甘い声をあげていた。

「あ、あ、は……んっ」

肌と肌の擦れる音がバスルームに反響し、動く度に湯面が揺れてちゃぷんちゃぷん、と波が立つ。後ろから回された手に乳首を擦られ、翼の性器はすぐに硬くなり、澄也の動きも激しく深く変わった。

「あ、ああ、ん、あっ」

(気持ち、いい……)

体も心もほどけて蕩け、ぐずぐずに崩れていく。理性が飛んで、翼はあられもなく喘ぎながらほとんど無意識に腰を揺らして澄也を感じ続けた。

澄也が深く抜き差ししながら腰を折り、翼のうなじに口づけてくる。

甘く広がる毒に、翼の意識は飛んでいきそうになる。

「……お前は、毒だな」

ふと澄也が翼の耳元で、呟いた。

「甘すぎる、蜜毒だ……」

六

「ここに入ってると思ったんだけどな……」

昼休み、翼《つばさ》は規定カバンの底をあさりながら、央太《おうた》と並んでキュイジーヌ・オリオンへと向かっていた。初夏の明るい陽射しが半円窓から射しこみ、廊下はさんさんと明るかった。翼の横で、央太が不思議そうに首を傾げる。

「いつも飲んでるカルシウム剤がないの？」

カルシウム剤じゃないんだけど、と思いながら翼はカバンを閉じた。あの薬は性モザイクの翼には重要なもの。ホルモンバランスを調整し、翼の女性機能を抑える働きがある。今朝、翼はストックから数日分をピルケースに足そうとしたが、クローゼットの奥にまぎれ込んでしまったらしく、ストックはすぐには見つからなかった。仕方なく、たしか一回分くらいはケースに入っていたはずだと出てきたのだが、そのピルケースが見つからない。

一回飲まなかったくらいでは影響はないだろうが、思春期に入ってからはずっと飲み続けていたから、女性ホルモンが通常どおり活躍したら自分がどうなるのか翼には予備知識がなかった。

「あ、翼、中間考査の結果が張り出されてるよ」

食堂前の広い廊下に、人だかりができている。

早いもので季節は五月も下旬、新緑は濃くかたくなり、陽射しは日に日にきつくなっている。今年は一足早く衣替えが行われ、翼も央太も半そでのシャツになった。つい先日中間考査が行われ、その結果も出た。掲示されているのは各学年の、上位五十名。三年生の掲示を見た翼は「あ」と呟いた。

一位が澄也《すみや》だった。三位に真耶《まや》、五位に兜《かぶと》の名がある。

（すごい……。頭はいいと思ってたけど、澄也先輩一位とかとっちゃう人だったんだ）

上位にはいるだろうが首席には興味のない人だろうと思っていた翼には、意外な結果だった。と、央太が興奮して翼の腕を掴んでくる。

「な、なんで教えてくんなかったの、翼、十番内に入ってるよ！」

「え、あー……」

翼は一年生の順位表に顔を上げた。五位、482点。青木《あおき》翼。

「すごいじゃない、翼くん」

食堂に行くと、真耶が声をかけてきた。ちょうど兜と澄也も一緒で、翼と央太は促されてその向かいに座る。食堂中の嫉妬が集まるのを感じたが、翼はもうその視線には慣れてしまった。

「真耶先輩も三位でしたね。点数すごくてびっくりしました」

真耶の合計点は496点。首位の澄也とは二点差でしかない。

「驚いたのは澄也だけどね、いつもは十位近辺をうろついてたんだけど」

くす、と笑って真耶が澄也を見る。

「今回は勉強したみたいだね、どういう風の吹き回しだか」

端の席で、澄也がうるさそうに眉を寄せた。

「シジミちゃんも頑張ったねぇ、どうやってお勉強したの?」

「僕にも教えて教えて」

兜の言葉に便乗し、央太が顔を覗きこんでくる。翼はちょっと照れ笑いしながら、「澄也先輩が教えてくれたんだよ」と言った。実は、純粋に自分の実力ではないのだ。

「ええ?　澄也が?」

「セックスのついでに教えてやっただけだ」

不審げな真耶に澄也がこともなく言ったので、翼はまっ赤になった。言わなければよかった。兜は気づいていたのだろう、怒りで青ざめた真耶と違いニヤニヤと笑っている。

「なんか想像しちゃったよぉ……だから翼、毎晩いい匂いしてたんだねぇ」

運んできたランチに手をつけることも忘れ、央太はぽうっと頬を染めている。さすがに恥ずかしくて、翼は火照《ほて》る顔を隠して手持ちの弁当を広げた。

　翼はこのところ、「勉強をみてやるから」と言われ、毎晩澄也の部屋に引っ張り込まれていた。特別奨学生枠で入学している翼は成績を落とせないし、ハイクラス種の生徒と違って自分の理解力が不足しているのは知っていたから、この申し出は正直ありがたかった。とはいえ、澄也の授業は勉強だけでは終わらず、二日に一度は最後まで抱かれ、キスは日課になっていた。おかげで翼の体にはすっかり澄也の匂いが染みついている。

「シジミちゃん、その弁当手作り？」

　ふと、兜が興味津々の様子で翼の手元を覗きこんできた。

「よかった。ちゃんと台所使えてるんだね」

「真耶先輩のおかげです。ありがとうございます」

　毎回食堂のランチを食べていてはお金がもたないと相談したら、真耶が寮の食堂の台所を特別に使えるよう手配してくれたのだ。食材は寮食堂の調理場に入ってくるものを、少しずつ分けて売ってもらえることになり、翼の財布はかなり楽になった。

「わあ、その卵焼き、個性的だね」

「う、これから上手になるんだよ」

　ぐちゃぐちゃの巻き卵をそれと知らない央太に感心され、翼は首を竦めた。料理なんてほとんどしたことがないから、本を見たり調理場のおばちゃんに教わったりしながら、試行錯誤で作っている。

失敗した甘い巻き卵に、形の悪い野菜の肉巻き、ご飯に海苔をかぶせただけの弁当だ。ほのぼのと昼ご飯を食べはじめた時、ふと食堂の中にざわめきがたった。見れば食堂の視線が今入ってきたばかりの、一人の男に集まっていた。

男は澄也や兜と同じくらい背が高く、鼻筋の通った甘ったるい美貌に明るいブロンド、瞳の虹彩は澄也と同じ琥珀色で、微笑む口元には圧倒されるほどの色気があった。

（ハーフ……？）

こちらへ近づいてくるほどに甘く濃密な匂いが漂ってきて、翼はこくりと息を吞んだ。その男がやや垂れ気味の甘い眼許をさらに緩めて「澄也」と手をあげてきた。声までもが、とろけるようなバス・バリトンだ。

顔をあげた澄也が、普段の無表情には珍しく驚きをのせた。

「……陶也《とうや》？」

陶也と呼ばれた男は艶然と眼を細め、澄也の肩に手をかけて立つ。

「相変わらず無駄に色気を振りまいてるな。オリオンに入ったとたん、お前の香りがした」

「イギリスから戻ってたのか？」

「三日前にな。お前に会いたくて戻ってきたんだ」

陶也が口づけするほど間近で澄也に眼を合わせると、澄也がふっと苦笑した。その表情に、見ていた翼は素直に驚いた。

（澄也先輩でも、こんな顔するんだな……）

いつも無表情でつまらなさそうな澄也だ。笑うことさえ珍しい。その澄也が、陶也という男にはすっかり気を許して見える。そう思うと、翼はわけもなく鼓動が早鳴った。

「どうせ、あっちの餌が性に合わなかったんだろう？」

「ロンドンは男も女も美人だったぜ。でも、ちょっと食い飽きたかな。俺は東洋人の……この黒髪が好きらしい」

陶也は澄也の髪を指にからめて微笑み、それから兜と真耶に視線を向けた。

「今年はもう一度二年生のやり直しかい、陶也」

「そういうこと。兜は生徒会長様だってな？　偉くなったもんだ」

「ずっと帰って来なくてよかったのに」

真耶が兜と陶也の会話を遮る。

「よォ、真耶。相変わらずそそるお姿だな」

陶也が真耶の肩に触れようと手を伸ばす。とたん、真耶が持っていたナイフの切っ先を陶也の手のひらに向け、突き刺さる直前でぴたりと止めた。

「……触ったら刺し殺す」

真耶の冷たい声に、陶也が肩を竦めて両手をあげた。

「恐ろしさもお変わりなくてなによりだぜ、女王様」

真耶を諦めた陶也が、向かいの央太に微笑む。甘く広がるフェロモンに負けた央太が、すっかり頬を染めて放心している。ふと、隣の翼を見た陶也が表情を消した。

「……シジミチョウ？　その匂い、噂は本当か。澄也のお手つきらしいな？」

陶也が苦笑まじりの呆れた顔になり、澄也を振り返った。

「飴宮《あめみや》から聞いてたぜ。お前が長いことシジミチョウだけ食ってるってな」

陶也の言葉に、翼はぎくりとした。飴宮——思い出したくもない名前だ。彼と彼の友人たちに乱暴をされた記憶は、まだ翼を苦しめている。飴宮たちはとっくに謹慎が解けているので、翼は彼らと顔を合わせないよう、一人で廊下を歩く時は今でもつい駆け足になるのだ。

「よりによって、シジミチョウなんてな。お前、こんなのを食って美登里《みどり》の二の舞になるつもりか？」

（こんなのって……初対面で失礼なやつ）

翼は陶也の蔑みにムッと口を歪めたが、どうせ反論しても無駄だろうと黙っていた。

「美登里と俺を一緒にするな」

「おい澄也、待てよ」

立ち上がった澄也を陶也が追いかけていき、食堂から二人が消えると真耶が肩を落としため息をついた。

「一年はイギリスに行きっぱなしと思ってたのに……」

「真耶兄さま、あの人って誰なの？」

訊ねた央太に、兜が答える。

「陶也は中途編入だから持ち上がり組の央ちゃんも知らないよねぇ。あれはね、七雲《なぐも》陶也。ブラジリアンホワイトニータランチュラで、澄也のいとこだよ。陶也のほうが七雲家の本家筋だけどね」

（ほんけ……って本家ってことだよな？）

澄也の実家は金持ちだろうとは思っていたが、兜のこの口ぶりからするとかなりの名家なのかもしれない。

「澄也と陶也は兄弟同然の仲なんだ。ああ見えて澄也は身内を大事にする子だから陶也の意見には素直なんだよね」

「……退屈が生んだ歪みだよ」

真耶はいまいましげに呟いた。

「ちょっと勉強すれば首席になれる頭脳、他の種に比べて優位すぎる能力、誰もが吸い寄せられるフェロモン……なにもしないでもすべて手に入るんだ。こんな退屈はないよね。澄也はそれに苦痛を感じてるだけまだマシだ。陶也は、最悪だよ。階級意識が高すぎて」

翼はこくりと息を呑んだ。

なんでも手に入るつまらない人生だとなじった時、澄也は確かに逆上していた。あの陶也も、同じように退屈している？

（確かにあの二人、すごく似てた。近似種のタランチュラ同士だからか？）

「体格も能力も恵まれすぎると、他者の痛みが分からない。陶也は初めから関心がないから、澄也より厄介だよ」

真耶の言葉に応じるように、兜が肩を竦める。

「美登里さんの時の修羅場《しゅらば》再び、かもねぇ」

「そんな穏やかなものじゃないよ、兜」

真耶は呑気な兜を睨めつけた。

「澄也は分家の長男なんだ。家の病院を継ぐ身だよ。少なくとも陶也は納得しない」

「美登里さんは堂々としてたじゃないかぁ。大丈夫だよ、澄也クンにも同じ血が流れてるんだから」

「澄也のことなんか、これっぽっちも心配してないよ」

真耶は物悲しげな顔で、テーブルの上に投げ出されていた翼の手を握り締めてきた。

「翼くん、この際だから訊くけど、澄也のこと、好き？」

「……えっ」

思いがけない真耶の質問に翼はうろたえ、何度も睫毛をしばたいた。

(好き……？　俺が、澄也先輩を好き……？)

そんなことは考えたこともない。いたたまれない気持ちになり、翼は顔をまっ赤にして首を横に振った。

「お、男同士で好きとか……普通ないですよ」

「えっ、翼と澄也先輩って付き合ってるんじゃなかったの？」

央太が、心底驚いたように叫んだ。

「だって、え──……じゃあ、二人はヤリ友ってこと？」

「央太！　どこでそんな言葉覚えてきたんだい！」

真耶に叱られても構わない様子で、央太がきょとんと首を傾げる。

「だって、翼は澄也先輩が好きで、澄也先輩は翼が好きなんじゃないの？　だって翼は好きでもない人とエッチしたりしないよ」

央太に丸い眼でじいっと見つめられ、翼は言葉を失った。

(そりゃ嫌いじゃねえけど……)

嫌いじゃないから、本気では拒まない。でも、それなら好きなのかと訊かれると翼は今までそんなふうに考えたことがなかった。

「もし澄也が好きなら……翼くん、痛みが少ないうちにやめたほうがいい」

真耶が真面目な口調で言い、じっと眼を覗きこんできた。

「澄也はタランチュラなんだ。傷つくのは、きっときみになる」

痛みをこらえたような真耶の表情に、翼はなぜか図星を指されたような気持ちになり、口の中が乾いていくのを感じた。それをごまかすように、慌てて笑顔を取り繕う。

「そんなの、大丈夫ですよ。どうせそろそろ、澄也先輩も俺に飽きるだろうし……」

(あれ……)

自分で言っておきながらその言葉に胸が痛み、翼は戸惑った。どうしてか分からないけれど、自分が傷ついているのだけは分かった。

「今まで俺のこと相手してたのも、ただの気まぐれだし……だって先輩、俺のこと嫌いだって言ってたし」

そう言った直後で、急に澄也へ謝りたいような気がした。

……優しくしてくれたことは事実だ。それさえも、自分の言葉で否定した気がする。

(だけど、澄也先輩が俺を好きで、俺が澄也先輩を好き……なんてことは、ないだろ?)

澄也はただ、物珍しくて翼を抱いていただけ。本気じゃない……と飴宮にも言っていた。いかもの食いなのだ。

(俺だって……拒む理由もなかったから。俺たち、恋人とかじゃないし……)

「俺も、澄也先輩のことなんとも思ってねえ、し」

けれどそう言った声は乾いて、空々しくなった。

心臓が痛い。なぜか息苦しくなる。真耶や兜にその気持ちを見透かされるのが怖くて、翼は慌てて笑い、立ち上がった。

「俺もう行かなきゃ。次の授業の予習やってないんです」

ほとんど逃げるように弁当箱を片付けながら、翼は深呼吸し、これ以上考えないようにした。


午後の授業の間、翼はほとんど上の空だった。放課後になり、生徒会室に行こうと中庭を横切っていたら、澄也と陶也が庭の芝生に並んで腰をおろしているのが見え、翼は無意識に木陰へ身を隠してしまった。

（なんで俺、隠れてんだよ）

こそこそするのが嫌いな翼は自分の行動に腹が立ち、やっぱり出て行こうと足を踏み出した。しかしその時、陶也が「あのシジミチョウだけど」と、切りだすのが聞こえ、翼は息を詰めて固まった。

「澄也、マジであいつしか食ってないんだな。まさか、本気になっちゃいないよな？」

「バカ言うな」

澄也が吐き出すように言い、ごろりと芝生に横になる。

どうやら二人が話しているのは翼のことらしい。聞くんじゃなかった、と翼は思ったが今出て行けば盗み聞きしていることがばれてしまう。

「じゃあなんであのシジミチョウだけ？　かなり匂いが染みついてたぜ。十回は食ってるだろ」

「美食に飽きたんだよ。珍味が食いたい時もある」

（珍味って……俺のことかよ！）

翼は澄也の言葉に腹が立った。散々抱いておいて、ひどい言いぐさだ。しかし同時に「そうだろうな」と納得する自分もいて、翼はやはり出て行けなかった。

陶也は呆れたように笑って、寝転がる澄也を振り返っている。

「いかもの食いが続いてるっていうのか？」

「そうだな」

眼を細めた陶也が、不意に澄也に覆いかぶさった。とろかすような甘い笑みを浮かべ、澄也の両頬を両手に包んでいる。木陰から見ていた翼は、思わず小さな体を竦ませた。

「……それじゃ、いつものように俺にも食わせてくれるんだろ？」

陶也の言葉に、澄也が眼を見開いた。陶也がそんな澄也に微笑みかけ、触れるだけのキスをしたので、翼はハッと息を呑んだ。

「澄也のシジミチョウ、俺にも食わせろよ、そこそこ旨いから相手にしてるんだろ？」

「珍味だと言っただろう。旨くはない」

断定する澄也の言葉に、翼は腹の底が熱くなり、怒りが湧いてくる。けれど同じくらい胸が痛み、服の上から左胸を押さえつけた。

「庇うのか？」

「誰が。不味いからやめておけと注意しただけだ」

「フン、不味いのを何度も食ってるって？　嘘つきだな、澄也。……そらみろ、お前は美登里と同じだよ」

「お前、ロウクラスには興味がないだろうが」

突然澄也が起き上がり、覆い被さっていた陶也を剣呑な顔で押しのけた。

「澄也がシジミチョウに執着してるからだろ？」

「していない」

「ふぅん、なら、俺にも食わせるな？」

澄也は陶也をじろっと睨み、吐き出すように答えた。

「勝手にしろ」

勝手にしろ。その一言が翼の胸を突き刺すように響いて聞こえた。

（物のように思ってないって言ったくせに）

　翼は傷ついていた。ショックで眼の前が眩み、もうこれ以上我慢できなくて、我知らず木陰から飛び出していた。

「おい、さっきから聞いてたら食わせるの食わせないの、俺は物じゃない。澄也先輩の許可があれば食えるわけでもないからな！」

　澄也がハッと眼を見開く。次の瞬間、突然陶也の指先から糸が飛び出し、翼の体に巻きついてきた。

「うわ……！」

　陶也に糸を引かれ、翼はあっという間に芝生へ薙《な》ぎ倒《たお》された。そして起きあがる間もなく、陶也に組み敷かれていた。

「ふん、どこからどう見てもただのロウクラスだな。まあ匂いは甘いな？」

　陶也は翼の首筋に鼻先を埋めると、匂いを確かめてくる。

「は、放せよ！」

「なるほどな、これが美登里や澄也をたぶらかしたシジミチョウのフェロモンってわけだ」

　翼が暴れても、陶也はびくともしない。だがそれよりも翼がぞっとしたのは、陶也が翼の眼を見ないことだ。わめいても、無視されている。聞こえていない。ないものとして扱われているのだ。翼は恐怖で、背に悪寒を感じた。

（こいつは……俺のこと本当に同じ人間と思ってない……）

「おい、まさかここでヤる気か」

「移動すんのも面倒だからな」

澄也が訊くと、陶也はしらっと答えている。

「……やめておけ。人が来るぞ」

「回れ右するだろ。見たいヤツには見させておけばいい」

陶也が甘やかな眼を細め、翼の頬の輪郭をなぞった。手も表情も穏やかなのに、琥珀の瞳はちっとも笑っていない——。

不意に翼の脳裏に飴宮の冷たい眼差し、黒川《くろかわ》の笑みや鎌野《かまの》の性器の臭いがフラッシュバックした。とたんに強い恐怖に襲われて、翼は叫び声をあげた。

「うるさい、黙れ」

細い首を掴まれて締めつけられ、翼は震えながら頭を仰け反らした。刹那、陶也が大きな体を飛び上がらせて自分の首を掻きむしり、翼の横に倒れこむ。

上半身を起こした翼は、陶也の逞しい首に細い糸が巻きついているのを見た。かわりに翼を戒めていた糸は切れる。

「あーあ……いってえな……」

よろめきながら半身を起こすと、陶也は気だるげに顔をあげた。その首から、力を失った糸がハラリ、と落ちていく。翼は、いつの間にか澄也に引き寄せられていた。

（……先輩……助けてくれた？）

翼が見上げると、澄也は青ざめ、愕然《がくぜん》とした表情でじっと陶也を見つめていた。それはまるで、自分のとった行動を信じられないかのような顔だった。芝生に座ったままの陶也も笑みを消し、澄也を見上げていた。

「バカが。美登里と同じ毒にやられたな」

「違う」

眉を寄せ、澄也が否定した。その額にじわりと汗が浮かんでいる。

「……違わないぜ。じゃなきゃ、澄也、俺にこんな真似《まね》をするか？」

「こいつは俺の餌だ。いくらお前でも、眼の前で食われたら気分が悪い」

「ははっ、いつからそんなお優しくなった」

陶也が澄也の言葉を、神経質に笑い飛ばした。

「お前が抱いてきたやつは、みんなお前の眼の前で抱いたぜ。いつでもお前はつまらなさそうだった。それに俺たちが相手にするのは、狩るのが難しい大物ばかりだった……そのほうがスリルがある。セックスなんざ、暇つぶしだ」

陶也の瞳に、冷たい光が宿る。

「すぐに狩れるヤツは面白くないと言ってたな？　そのシジミチョウは狩るまでもない。一秒もあれば押さえつけられる。いつから老人になった、澄也。タランチュラの誇りも失くしたのか、美登里のように」

「黙れ」

うなるように言い、澄也が陶也を睨む。

「お前は俺の首に糸をかけて引き倒したんだぜ。兄弟同然の、ブラジリアンホワイトニーの俺よりも、シジミチョウを選んだんだ。家族より一族より血筋より、そいつが大事か？」

陶也は悪意のかけらもない不思議そうな表情で、澄也を見上げている。

「なあ、どうしたんだ、澄也。お前、変わったな。毒気がない。俺を忘れたのか？」

（……先輩？）

翼は小刻みに震えていた。怖さで、だった。

澄也は微動だにせず、言葉も失ったように陶也を見つめている。その顔にはありありと葛藤が現れている。

「俺はべつに、そんなシジミチョウどうでもいい。お前が違うっていうなら、なにもしないぜ？　ただお前を試したんだ。お前の興味のあるものにしか、俺も興味はないさ」

陶也が立ち上がる。澄也の手が、翼から離れた。

「いつもの澄也はどこにいったんだ？」

「ここにいる。俺は変わらない」

澄也は琥珀の眼をすがめ、翼を振り返った。

「シジミチョウ」

翼は一瞬言葉を失い、信じられない気持ちで澄也を見つめた。澄也がそんな呼び方をするのは、出会った当初以来だ。怒りより先に、なぜか絶望感が胸に湧いた。けれど文句を言う間もなく、翼は澄也に胸を押されて数歩よろけ、尻餅をつく。

「シジミチョウ、もう俺の前に現れるな。行け、遊びは終わりだ」

声も出ず、翼はただ澄也を見上げた。なにがなんだか分からなかった。分かったのは、今急速に澄也の関心が自分から離れていこうとしていること。それだけだ。

「先輩……」

困惑したままかすれた声を出すと、澄也が眉を寄せて息苦しげに舌打ちする。

「さっさと消えろ、シジミチョウ」

——シジミチョウって……。

(俺、翼って名前があるんですけど。先輩、いつもそう、呼んでくれたじゃん)

その呼び方、俺は嫌いなんだよ……と、翼は思った。けれど、口からは出せなかった。

二人のやりとりをつまらなさそうに見ていた陶也が、「澄也」と呼ぶ。澄也がゆらりと動き、陶也の襟ぐりを摑むと力任せに自分のほうへ引き寄せた。翼はびくりと肩を揺らした。澄也が陶也の唇へ、嚙みつくようにキスをしはじめたからだ。

陶也は嗤っている。嗤いながら澄也の後頭部に手を回すと、眼を細めて翼を見下ろして

きた。翼は弾かれたように立ち上がり、踵を返した。

気がつくと、走ってその場を逃げ出していた。

生徒会には大幅に遅刻だ。きっと真耶に怒られてしまう。

早く行かないと。早く、早く――。

(……あ、分かった。俺、ほんとにもう飽きられたんだ)

なにがなんだか分からないのに、なぜか鼻の奥が酸っぱくなった。

終わった。そう思うと、眼尻が濡れた。

泣くのを我慢するために、翼は小さな唇を嚙みしめる。

校舎には黄昏を前に眠たげな陽光がうらうらと差しこみ、走る翼の影は地面に長く伸びていた。


花壇の紫陽花が満開になる頃、季節は梅雨になった。その日降りだした霧雨は、日が暮れてからもまだ止んでいなかった。

『薬？　心配しないでいいわよ、ちゃんと次の分のお金、貯めてあるから』

人気のない寮の廊下には共有電話が置かれており、翼は母と電話していた。

夏休みにもらいに行きましょうね、と母が続ける。

「あ、そっか……うん、ならいいんだ」

『薬のこと訊いてくるなんて、どうしたの？　もしかして、体になにか変化が出たの？』

「違うよ。ただ一気に買うから、お金とか大丈夫かなと思って」

心配そうな口調になる母へ、翼は慌てて明るい声を出した。

『翼の薬代はちゃんと計画的に貯えるようにしてるから、心配しなくていいわよ。……そんなことより、大丈夫なの、翼。生徒会までやって……体壊してない？』

「平気だって。俺だって一応男なんだから」

一瞬つまりそうになるのをおさえて、翼は早口で言った。電話口の母の声が、少ししわがれて聞こえる。涙を堪えているのだと、翼は気づいてしまった。

『……翼、どうしてそんな学校に入っちゃったの。いつ辞めてもいいんだからね？』

一瞬返事に詰まったけれど、翼は母に気づかれないよう微笑んだ。

「うん、ありがとう、母さん。……心配しないでよ。俺、なんとかやってるから」

電話を切ると、大きなため息が出た。作っていた笑顔が、顔から剝がれ落ちていく。

（薬のこと、言えなかった……）

二階へあがる階段の途中で、翼は足を止めた。三階から降りてくる二年生の男が、甘く濃密なタランチュラの香りを漂わせていたせいだ。それはほんの一ヵ月ほど前まで、翼が常にまとっていた澄也の香りだった。男は翼を見つけると、おかしげに眼を細めて通り過ぎていく。

「珍味は飽きられるのも早いらしいねえ」

横をすり抜ける時そう言われて、翼は階段をのぼる足を早めた。

部屋に戻ると央太はいなかったから、翼は服を脱いで翅を広げた。肩越しに振り返ると、瑠璃色の濃かった翅に今でははっきりと分かるほど黒斑が浮かんでいた。尾状突起の上には、メスの特徴である橙の点が映り、翼は胃が縮むような気がした。

（……体には、まだなにも出てない？）

平べったい胸を触るが、以前よりふくらんでいる気配はないし男性器もついたままだ。ただ、体の内部のことは分からない。もしかしたら、見えないところが女性化しているかもしれない。

翅をしまい、狭いユニットバスの中でシャワーを浴びる。頭から湯をかぶっても、冷えた指先はなかなか温まらなかった。

「夏まで、もつかな……」

陶也が留学から帰ってきた日以来、翼は薬を飲んでいなかった。

カバンの中からもクローゼットの中からも、薬が消えてしまったのだ。翼はほとんど半狂乱になって探したけれど、見つからなかった。ゴミ捨て場にも行ったし、回収業者にも電話をかけた。なぜなくなったのかは分からない。

（……新しく買いかえるしかないけど）

なくしたと言えば両親はすぐに買ってくれるだろう。でもただでさえ生活の苦しい両親に、保険が効かない高額の薬をもう一度買いなおしたいとは言えないでいる。

（それに……ますます帰って来いって言われるだろうしな）

ため息をつき、翼は浴槽の中にうずくまった。足の指を手で包み冷えた指先を擦り合わせても、湯が当たる背以外は冷えていて寒かった。考えたくもないのに、さっき階段ですれ違った男の顔が思い出され、たてた膝に顔を埋める。

――さっさと消えろ、シジミチョウ。

最後に聞いた澄也の声が、翼の耳の奥に返ってくる。翼はいつまで経ってもそれに慣れず、思い出すたびに心臓が摑まれたように痛む。

もうずっと、翼は澄也と顔を合わせていなかった。同じ寮にいるから、時おり姿は見かける。でも翼の姿を見つけると、澄也はぷいっと道を逸れてしまう。避けられているのは分かった。顔も見たくないのだろう。

そして寮の廊下や学校の校舎の中。あちこちで、澄也の甘い匂いをくっつけたハイクラス種を見た。そのたび谷底へ突き落とされたような気持ちになる自分に、翼はもう気がついていた。陶也と澄也はいつも一緒にいて、セックスの相手を交換しているという噂も聞く。それがタランチュラの遊びなのだと。

（俺からはもう、澄也先輩の匂いしないんだろなー……）

翼は自分の腕をくん、と嗅いでみた。

（……でもどうせ先輩はシジミチョウが嫌いだったし、遅かれ早かれこうなってたからべつにいいんだ。もう、分かってたことだし）

毎日毎日、翼は山のように言い訳を考えている。

（なのに俺、どうしてこんなに落ちこんでんだろ……。俺、本当は澄也先輩のこと……）

翼は細い膝をぎゅっと抱き寄せて眼を閉じ、その先を言わないようにした。

たとえ、心の中だけでも。


「翼くん、こんな議事録じゃ使えないよ。議題がいくつかすっぽりぬけてる」

真耶が眉を寄せて、翼の提出した書類を差し戻してきた。

「……す、すみません」

戻された書類を受け取り、翼は慌てて頭を下げた。書記長用の机に座った真耶が頬杖をついて嘆息する。

土曜の昼、学校は休みだが生徒会では月に二度定例会議が開かれる。しかしその日は梅雨の合間の晴天のせいか会議が終わると他の生徒会役員は急ぎ足で帰っていき、残っているのは翼と真耶だけだった。

「お茶いれようか」

無言でなにか考えていたらしい真耶は、翼を座らせて紅茶を淹れてきてくれた。

「すみません真耶先輩、俺、会議中ぼうっとしてて……」

「うん。ぼうっとしてるなあと思って見てたよ」

真耶の厳しい言葉に喉を詰まらせ、翼は唇をきゅっと噛みしめた。真耶は一口紅茶を飲むと、カップを置いて翼に向き直ってくる。

「央太も心配してるよ。きみが無理して元気に振舞ってるのが分かるって。……僕や兜もね、みんな、翼くんが好きだから」

好きだから。

その言葉に、翼は泣きたくなる。うつむいた翼の髪を、真耶が細い指で優しく梳いた。

「澄也のこと……そんなに好きだったの？」

好きじゃない。そんなんじゃない。

そう言って強がりたいのに、翼は否定する言葉を口に出せなかった。どうして出せないのかじれったくて、翼は自分に腹が立ってくる。

「澄也の家はね、ハイクラス屈指の名家なんだ。一族はタランチュラ同士で婚姻を繰り返しているし、大きな病院を経営していて……階級主義の強い家なんだよ」

真耶が静かに語り始めた。

「二年前、澄也の血縁者の一人が、シジミチョウと結婚してね。一族で揉めに揉めて……幸い理解者が何人かいて事態はおさまったんだけど、澄也は納得できなかった」

「あの、美登里さんていう人ですか……?」

翼が顔を上げると、真耶がうなずく。

「もし澄也がきみを選んでも、きみが苦労すると思う」

「俺」

翼は苦い気持ちで、真耶の言葉を遮った。

「ハイクラスだからとかロウクラスだからとかで、人のこと好きになったり嫌いになったこと……ないです。それが、普通だと思ってました。でもこの学校じゃ、命の価値が違うみたいで」

「翼くん」

真耶がティーカップを持つ翼の手を、そっと包む。

「誤解しないで聞いてね。……千年の氷河期と未開文明の時代、小さな種と融合した人々のほとんどは断絶した。弱い種は、厳しい環境の中では死滅するしかなかった」

真耶は翼の眼をじっと覗きこんできた。

「人類の歴史は、生き残るのが難しかったロウクラス種を、死なせないように生きやすいようにしようって、その努力で発展してきた」

温かな家。寒暖の厳しい季節を乗り越える知恵。力が強くなくても、普通に生活できるテクノロジー。それはハイクラスのためではなく、ロウクラスのための発展だった。

「ヒメスズメバチは、捕食対象のアシナガバチを攻撃し、彼らの巣を廃絶させる。アシナガバチは対抗手段を一つも持たない。攻撃されれば、ヒメスズメバチにされるがまま死んでゆく。だけどね、ヒメスズメバチはアシナガバチがいないと、生きていけないんだ」

真耶が力強く断定した。

「命の手綱を握っているのは、アシナガバチのほうだ。アシナガバチは、食べさせてくれるんだ。ハイクラス種の多くは、ロウクラス種がいなければ生きていけない種なんだよ」

「それは、ムシの話……ですよね？」

「でも僕らは命の奥底で、本能でそのことを覚えてる。言ったよね？　小型のチョウは、捕食者を夢中にさせるって。だけど澄也はバカだから、まだ覚悟できてないんだ」

翼は確かめるように上目遣いで、じっと真耶を見つめた。真耶は穏やかに微笑み、翼の頭を慰めるように優しく撫でてくれる。

「本当は反対なんだけど。しょげてるきみを見てるのが、辛いから……きみが好きなら、反対しない。……澄也にちゃんと、気持ちを言ったら？　翼くんに好きだって言われたら、澄也もきっと眼が覚めるよ」

「そんな、俺、別に、そんなんじゃ……」

好きなんかじゃ、ない……。

けれどその言葉は言えなくて、翼は黙りこんだ。真耶は苦笑し、翼の細い腕をとるとやんわりと抱きしめてくれた。

「意地を張らないで……勇気を出したらいいのに」

子どもをあやす母親のように、真耶が翼の背を叩いてくれる。優しくされるとどうしていいか分からなくて、翼は唇を噛みしめて泣きそうになるのをこらえていた。

生徒会室を出ると、廊下の向こうには明るく晴れた空が広がっていた。その時翼は、窓から木陰の下に立つ澄也を見つけて足を止めた。

澄也の肩には背の高い男がしなだれかかるようにもたれている。それは飴宮だった。

（……俺にひどいことした人なのに、先輩、また飴宮さんとエッチしてんだ）

どうしてそのことに、胸がつぶれそうな気持ちになっているのだろう。

一度は俺のために怒ってくれたのに——やっぱりハイクラスで美しい飴宮のほうが貧相なシジミチョウの自分よりいいのか。

翼は動けなくなって、その場に立ち竦んだ。飴宮が澄也に抱きつき、キスをしかける。

それ以上見たくなくて、翼は咄嗟《とっさ》に窓へ背を向け、廊下を走り出した。

(俺には関係ねえもん。澄也先輩が今さら誰となにしたって。相手が飴宮さんでも……)

関係ない。もう一度自分の心に言い聞かせたけれど、その気持ちを裏切るようになぜか涙が溢れてきた。

(なんだよこれ、なんで俺、泣いてんの？)

バカみたいだと思いながら、翼はとうとう走れなくなった。涙は一度溢れるともう止まらず、あとからあとからこぼれてくる。

(バカだ、俺。バカバカ、バカみてぇ……)

澄也が飴宮を抱き、キスをしている姿が脳裏によぎる。自分のことは冷たく突き放した澄也の姿を思い出すと、翼はもう強がれなくなった。

(俺、分かってる。本当は俺、澄也先輩のこと……)

好きでもないのに、こんなに胸が痛むはずがない。こんなに息苦しく、笑っているのも辛いと思ったりしない。澄也の匂いをつけた誰かとすれ違うたびに、引き裂かれそうな気持ちになんて、なったりしない。

――俺、澄也先輩のことが、好きなんだ。

思ったそばから、その気持ちは熱された鉄のように翼の体を焼いていく。

「あれっ、シジミちゃんじゃない。なに泣いてるの？」

その時廊下の向こうから声をかけられて、翼はハッとした。顔をあげると、私服姿の黒川と鎌野がいて、黒川がにこにこと手を振っている。とたん、翼は心臓がどきどきと拍動し、冷たい汗が背ににじんできた。一ヵ月以上前、飴宮にさらわれ黒川と鎌野に犯されそうになった——あの時の、狂ったような暴力が頭の隅にちらついた。

反射的に逃げようと背を向けたが、それより先に黒川に肩を抱かれる。

「は、放せよ……！」

翼は声が上ずり、体が震えるのを感じた。黒川がそれに苦笑する。

「そんなに恐がらないで。もうあんなことしないから。最近澄也と遊んでないね？」

「なんだ、そんなに泣いて。大丈夫か、お前」

「ちょっとちょっと。きみたち、その子には接近禁止が出てるだろ」

ちょうどその時生徒会室のほうから歩いてきた兜が、二人を窘《たしな》めてくれた。黒川が手を離してくれたので、翼は小動物のように兜の背に隠れる。心臓が早鐘のように鳴っていた。

「べつに俺たち、もう乱暴するつもりないって。シジミちゃんかわいいからお友達になりたかっただけ。だってもう澄也の匂いしないし、口説《くど》いてもいいんでしょ？」

「兜、そいつ具合悪いんじゃねえの？　ぷるぷる震えてるぞ」

「口説きたいなら怖がらせないでね。ほら、行った行った」

兜が二人を追い払ってくれても、翼はまだ体が震えていた。

「澄也クンにも困ったもんだね。あんまりシジミちゃん放っておくと、ああいう変なのが寄ってくるって分かってるはずなのにねえ」

呆れたように兜が肩を竦め、翼の小さな頭を慰めるように撫でてくる。

「大丈夫？　シジミちゃん。泣いてたの？」

翼は慌てて眼許を拭った。

「す、すみません。変なところ見せて……ちょっとびっくりして。もう平気です」

弱っている姿を見せただけではなく、臆病にも兜にすがりついてしまった自分が情けなくて、翼はまっ赤になって頭を下げた。兜はしばらく黙っていたが、ふと明るく言った。

「ね、シジミちゃん。今日これからヒマなら、ちょっと付き合わない？　デートしよ」

翼が見上げると、兜は眼鏡の奥でにっこりと笑いかけてきた。

デートしようと言って、翼がまず兜に連れ出されたのは学校から大通りに向かう坂の途中にある月極の駐車場だった。

「先輩、免許持ってたんですか？」

翼が問うと、兜は得意げに手の中の鍵を鳴らしてみせる。よく考えたら三年生の兜は十八で、免許をとれないこともない。

「じゃーん、オレの愛車ヘラクレス号だよ！」

しかしそう言って兜が見せたのは車ではなく自転車、それもいわゆるママチャリだった。

(ていうか、駐車場に停めてる意味ない！)

翼は内心、突っこんでしまう。まるまる車一台分のスペースに、ママチャリが一台停まっているだけなのだ。しかし兜は上機嫌で鍵を外し、得意げに自転車にまたがる。体の大きな兜がママチャリに乗る姿は、まるでなにかのコントみたいに不似合いで滑稽《こっけい》だった。

「ほら、翼くんも乗りたまえ！」

胸を張ってはしゃぐ兜がおかしくて、翼は思わずふき出した。

「あ、いいね。シジミちゃんの笑顔、かわいくて大好きよ、オレ」

兜がにこにこし、翼も楽しそうな兜につられて荷台にまたがった。けれどこぎ出されたとたんに、ママチャリはキシキシと乾いた音をあげはじめる。

「先輩、なんか音がしてますけど……」

「うん、後部車輪のどっかが曲がってんだよね。大丈夫、ちゃんと走るから！」

駐車場を出るといきなりの下り坂だ。初めなだらかだった坂は途中から勾配がきつくなり、自転車の車輪は勢いよく回りだした。

「先輩、先輩！　ブレーキかけてください！」

後部車輪がキリキリと音をあげる。座った荷台が地震のようにガタガタと揺れ、その衝撃が翼の尻を直撃する。

兜が雄叫びをあげ、自転車はいきなり歩道から対向車線に飛び出した。坂下から上ってきたバスが、すれ違う時プァァーン！　とクラクションを鳴らす。自転車はバスの車体ぎりぎりを駆け抜け、バウンドしながら歩道に乗り上げた。

「わははははは！」

スリル満点の運転に、兜が大笑いしはじめた。いつの間にか、翼も笑い出していた。

自転車の二人乗りが警察に見つかって叱られたり、それを兜がうまく言いくるめて不問にしたり、曲がった後部車輪を直すため一緒に自転車屋に寄ったりしている間に時間がすぎ、陽光はいつの間にか低くなって黄昏間際の金色を帯びていた。

自転車屋に自転車を預けてから、翼と兜は近くの恩賜公園に入った。銀杏や桜の巨木が林立する公園の中央には広々した池があり、水鳥が遊んでいる。兜が露店でソフトクリームを買ってきてくれ、池の真ん中にかかった橋の上で並んで食べた。ソフトクリームは、安っぽい懐かしい味だった。

「ん、なに笑ってるのォ、シジミちゃん？」

欄干に脇を預けてソフトクリームを食べながら、翼はこらえきれなくなって笑いだした。

「だって……兜先輩って面白えって思って。先輩の家、お金持ちなんでしょ？　なのにママチャリぼろぼろだし、こんな安物のソフトクリーム食べてるし」

「ふふふ、警察には捕まるし？」

「あはは、あれ、面白かった。俺、おまわりさんに怒られたのって生まれて初めて！」

思い出して、翼は大笑いした。

「シジミちゃん、オレだって金持ちらしいことくらいするよ？　ヘラクレス号の為に駐車場借りてるんだから！」

「それ、絶対金の使い方間違ってる！」

笑いすぎて眼尻に涙が浮かぶ。ふと視線を感じて顔をあげると、兜が微笑んで翼を見つめていた。眼鏡の奥で、二つの眼が優しい色を点している。

「……シジミちゃんの笑顔、オレは好きだよ。最近ずっとさみしそうだったからね、今日は笑ってくれて良かったよ」

（……兜先輩）

今さらのように理解した。兜は翼の為に、ここまで連れ出してくれたのだ。兜だけではない。毎日のようにそばにいてくれる央太も、真耶もそうだ。

池を渡る風が青い夏草の匂いと一緒に、翼の頬を撫でていく。翼は胸の奥が、じんと熱くなるのを感じた。

「……先輩、ありがとうございます。心配かけて、ごめん」

「ま、もうちょっと心配かけてくれてもいいくらいだよ。シジミちゃんはなんでも一人で背負い込むからね」

　肩を竦め、兜が笑った。

（俺はきっと、幸せなんだ。こんなふうに思ってくれる人がいるんだから……）

　兜と大笑いしている間だけは忘れていられた澄也の面影が、ふっと脳裏をよぎる。そのとたん、翼はさみしさに胸を締めつけられた。

（それでもどうして俺は、澄也先輩が好きなんだろう）

　欄干に身を寄せたまま、翼はうつむいた。西に傾いた太陽が池面を赤く照らしている。

　インプリンティング、かもしれない。あの番組を見て新しい世界へ飛び出そうと決めた印象が強すぎて、自分は初めから澄也を好きになるようにできていたのかもしれない。

　ソフトクリームを食べ終えて、翼はコーンを包んでいた紙をくしゃりと丸めた。息を吸いこみ、笑顔を作って兜を振り返る。

「先輩、俺元気出します。もう一回、頑張ってみる」

　不幸になっちゃいけない。

　胸に刺すように、翼は思う。

　自分の幸せを思ってくれる人たちの為に、不幸になっちゃいけないし、自分を不幸だと、かわいそうだと哀れんじゃいけない。

（元気だそう……澄也先輩を忘れて）

「澄也を忘れて？」

考えていたことを言い当てられて、翼はどきりと兜を見た。兜は肩を竦める。

「ね、シジミちゃん。澄也が首席とったの、どうしてだか知ってる？」

急になんの話だろう。翼が首を横に振ると、兜が欄干に身を寄せて翼の顔を覗きこんだ。

「シジミちゃんを生徒会に入れるために、澄也が理事長に頼み事してくれたでしょ？　あの時、交換条件で首席をとれって言われたんだって。だから頑張ったんだよ、澄也は。生徒会だって、居心地いいでしょ？　シジミちゃんをいじめるような人、いないでしょ？」

おかしげに、兜が破顔した。

「澄也がねぇ、じきじきにお出ましになってね、わざとらしくみんなの前でオレに話しかけたの。『翼に頼まれたから、生徒会の予算拡大、理事長に話してやったぞ』って。だからみんな、あれは、シジミちゃんのおかげだと思ってるんだよ」

兜が不意に耐え切れないように噴き出した。

「付き合い長いけど、澄也があんなことするの初めて見た。よくて三回で飽きる澄也が、連日シジミちゃんを呼び出してさ……嫉妬するわ、一人に絞るわ、もうとんでもない入れ込みよう。そりゃ陶也も戸惑うよ」

まだ笑いながら、兜が翼の背をぽん、と叩いてくる。翼はぽかんと口を開けた。知らなかった。澄也がそこまでしてくれていたなんて……。正直に言えばうれしいけれど、素直には喜べない。

「でもそれって、その時のことですよね。今はもう俺に興味ないみたい、です」

「そうかなあ？　澄也にもワケがあるんじゃない？」

「他の人、たくさん抱いてるみたいだし」

「迫られたから相手にしてるだけでしょ。オレからは、澄也がシジミちゃん以外なら誰でも同じって考えてるように見えるなあ」

「……でも澄也先輩は、ハイクラスだから」

「それそれ。シジミちゃん、ダメだよ」

兜がいきなり、翼の顔にびしっと指をつきつけてきた。

「シジミちゃんって階級なんか関係ないって言いながら、本当はすごく気にしてる。ロウクラスだから好かれないって決めつけてる。階級意識なんて人間が持ち込んだものだよ。だから、人間が壊せる。シジミちゃんも自分の弱気を壊さなきゃ」

腕を組んで仁王立ちし、胸を張って兜が踏ん反り返る。

(俺が……俺のほうが、ロウクラスだってことを気にしてる？)

そんなふうに思ったことはなくて、翼は言葉をなくした。腕組みを解いた兜が、ふと労るような笑みを浮かべた。

「でもまあ……澄也がしんどいなら、しばらくオレと付き合ってみる？」

「ええ？」

冗談のような申し出に、翼は緊張も忘れてむしろおかしくなった。

「シジミちゃん、放っとくとさっきの鎌野たちみたいな変な虫がつきそうだからさ。まあ防虫剤？　えーと、オレと付き合うともれなく、ヘラクレス号の荷台を独占できるよ？」

「それ、魅力的ですね」

兜が本気で言っているとはとても思えなくて、翼は笑ってしまう。兜も笑っている。

「まあでも……本当は、澄也クンがいいだろうけど、ね」

優しく言う兜に、翼はなにも言えなくなった。澄也のことを思うと胸が痛み、持ち上がった気持ちも委縮していく。

（頑張るって……言えたらいいんだろうけど）

真耶に言われたように、澄也に気持ちを伝えることなんて考えられない。翼は傷つくのが怖いのだ。踏み出して澄也に拒絶されることや、澄也が他の誰かを選んでいるところを見る勇気がない。

いつの間に自分は、こんなに意気地なしになったのだろう。

ヘラクレス号の修理がまだ終わらないというので、翼は兜と他愛のない話を交わしながら、歩いて寮に戻った。

ドゥーベ寮に帰り着く頃には日も暮れ、玄関にはライトが灯っていた。寮に入る手前で兜がいきなり翼の手を握ってくる。なぜか入り口に澄也が立っていて、翼はどきりとした。

「あ、澄也クン。遅れてごめんごめん。待った？」

どういうことだろう。兜が澄也に向かって空の手を挙げた。翼は慌てて兜とつないでいる手を放そうとしたが兜は放してくれず、入り口にいる澄也が眉を寄せ、明らかに不機嫌そうな顔でそのつないだ手を一瞥《いちべつ》してきた。気まずくてとても顔を合わせられず、翼は視線を逸らしてしまう。けれど久々に澄也に近づけて、心臓だけはドキドキと早鳴っていた。

「六時にここで話があるとか言ってなかったか？　もう十分過ぎてる」

地を這うような低い声で、澄也が言った。

「ああ、そうそう。シジミちゃんとのデートが楽しくって。さっき付き合ってって言って、オーケーもらっちゃった。うらやましい？」

兜がニヤニヤして翼とつないだ手を見せつけたので、翼は思わずなんのつもりかと眼を見開いて兜を見上げた。とたん、澄也が眉間の皺を深くする。

「……また、下手な芝居か。何度も俺が乗ってやると思うなよ」

「まあね、でも半分本気。さっき黒川たちがシジミちゃんの周りうろついてたんだよね」

兜が言うと、澄也はぴくりと眉を動かした。

「澄也クンが悪い虫を防がないなら、オレがやるしかないでしょ」

兜は不意に翼の腰を引き寄せ、「シジミちゃんのお尻にオレのツノ入るかなあ」と下肢を押しつけてきた。

「え……、ちょっと、兜先輩」

翼はぎょっとして兜の胸を押し返そうとしたが、体格が違いすぎて抵抗は敵わなかった。

「もういい、やめろ！」

澄也が怒鳴り、兜は翼を放すと今にも笑い出しそうな顔になった。

「あれ？　なに、オレがシジミちゃんに匂いつけとくよ？」

澄也が歯ぎしりして兜を睨みつける。兜が「またオレの勝ち？」と眼を細めた。

「翼、来い」

いきなり命令され、翼は眼を瞠った。なぜ澄也が自分を呼ぶのか意味が分からず、すがるように兜を見上げたとたん、澄也が舌を打って翼の腕を摑んだ。

「来いと言ってるだろう！」

翼は乱暴に引っ張られた。

「ちょっと、ま、待って！　なんなんだよ！」

「うるさい、淫乱チョウ。いやらしく他の男に媚びるな」

淫乱？　媚びる？　翼は一瞬呆気にとられ、澄也の言いぐさに言葉をなくした。

「アンタのほうが淫乱だろ！　手、放せよ！」

　怒鳴りながら、翼はみじめな気持ちになった。

（ずっと俺以外の相手、何人も抱いてたくせに……っ）

　そんな澄也に自分の気持ちが、分かるわけない。廊下に出て階段に差し掛かったら、澄也は翼を担ぎ上げてきた。

「なにすんだよ！　降ろせ！」

　暴れても無駄だった。翼は澄也の部屋に連れ込まれ、ベッドへと投げ下ろされた。そのまま覆い被さってきた澄也に、あっという間に組み敷かれてしまう。わけが分からない。自分で消えろと突き放しておいて、しばらく見向きもしなかったくせに今更なにをするつもりなのか。翼は混乱し、そして怒りでぶるぶると震えた。

「なんなんだよ！　またこんなことして……他に相手がいるんだろうがっ」

「抱いてやると言ってるんだ。おとなしくしろ！」

　肩を押さえこまれ、シャツに指をかけられて翼は身をねじった。

「抱いてやるって……なんだよ！」

「防虫剤だ。変な虫がつかないようにしてやるんだ。それとも兜に抱かれたいのか？」

「は、はあ……？　なに言ってんの、なんで俺が……」

　澄也の眼差しが、翼を突き刺すように見下ろしている。どうしてか分からないが、翼は不意に憎まれていると感じた。澄也の眼には以前あったような優しさはなくて、ただ怒りにきつく光っている。まるで翼の存在そのものが、憎くてたまらないように見える。

「どうなんだ」

うなるように、澄也が答えを促してくる。

(どうって、なにが)

「兜のほうがいいのか。兜に抱かれるか？」

澄也がどうしてこんなことを訊くのか、翼にはわけが分からなかった。

「……先輩には、いくらだって相手いるじゃん。俺が嫌いなら抱かなきゃいいだろ？　俺だって、俺だってこんな抱かれ方したくねえよ！　こんなんなら、兜先輩のほうがいい」

吐き出すように言ったとたん、澄也が口の端を歪めて嗤った。

「そうか」

突然、噛みつくようなキスをされた。キスを通して、澄也の甘い媚毒が大量に体の中へ注ぎ込まれてくる。翼は澄也の厚い胸板を叩いたが、澄也にはまるでこたえていないようだった。

(なんで……なんで！)

翼はしゃにむに手を振り上げ、澄也の頬を打った。張り詰めた音が部屋の中に響き、澄也の動きが一瞬、驚いたように止まった。その隙に逃げようとしたが、すぐに澄也の糸が両手足首に巻きつき、翼は四肢をベッドに拘束された。

「やだ！　放せよ！　放せ！」

金切り声をあげる翼の頬を、今度は澄也が打った。渾身《こんしん》の力というわけではないはずだ。もしも澄也が本気で翼をぶったなら、翼の頬骨は砕けていただろうから。けれど澄也に頬をぶたれたことは、体よりも心に痛かった。翼は言葉を失い、呆然と澄也を見上げた。

「おとなしくしろ。俺が、兜にお前を抱かせると思うか？　誰にも抱かせない、お前はハイクラス好きの淫乱だからな。俺に捨てられて、あちこち鞍替えされるのは我慢ならない」

（……なにそれ？）

澄也の糸が、ぶった後の翼の頬をやわやわと撫でてくる。

「先輩は他の人、抱くくせに？」

怒りをぶつけたはずなのに、声は弱々しくかすれていた。

（俺だけ、抱いてくれるなら……）

そう言ってくれるなら。そうしたら、翼も素直になれる。けれど澄也は顔を歪め、吐き出すように言った。

「……俺はハイクラスだ。そしてお前は俺の餌だ」

翼は声を失った。ショックのあまり、体が震えていた。

（なんだよ……俺のこと、また物扱い？）

澄也はそれ以上なにも言わず、無言で翼のシャツを剝ぎ取ってくる。そして花から吸蜜するチョウのようにそっと、翼の眼尻に浮かんだ涙をすすってくれる――。どうしてこんな時に、澄也は優しく口づけてくるのだろうと翼は思った。

翼は全身を糸に撫でまわされ、媚毒で濡らされていく。抗えない。抗えるわけがない。この一ヵ月、ずっと焦がれていた澄也の唇、吐息、体だった。他の誰かから香るたびうらやましくて恋しくてたまらなかった澄也の匂いが、今また翼を包んでくるのだ――。

(なのに、なんでだよ)

凍えそうなほどさみしい。

眼を閉じて、翼は抵抗を止める。涙が溢れ、頰を伝う。全身に回った毒が、翼の正気を溶かし始める。

「……先輩が俺を抱くのは、なんで……?」

これ以上強がることはできなくて、翼は震える声で訊いた。

(ほんの少しでも、俺を好きじゃないの?)

バカな期待だと分かっていながら、そう思わずにはいられなかった。そうでなければ、あまりに自分がみじめだ。ほんの少しでいい。少しでいいから好きだと言ってくれたら。

けれど澄也は答えてはくれず、ただ問い返してきた。

「お前が俺に抱かれるのは……俺がハイクラスだからだろうが」

違うよ、と翼は思った。好きだからだよ。けれど、言葉にはならなかった。ただ抵抗を諦めて瞳を閉じると、残っていた涙がひと筋だけ、頬にこぼれ落ちていった。

澄也はまるで嵐そのものだった。翼は奪うように抱かれた。

荒々しく翼の中に入ってきた澄也は一瞬妙な顔をし、皮肉な笑みを浮かべてきた。

「ずいぶん……柔らかいな。俺に捨てられて、誰か他の男に慰めてもらっていたんじゃないだろうな？」

（バカ言うなよ……誰がアンタ以外と、こんなこと……）

侵入される圧迫感で眼尻に涙をためたまま、翼は心の内でうめいた。股を大きく開き、翼はぐっしょりと濡れた後ろに硬くなった澄也のものを受け入れていた。

最後に澄也を受け入れてから、もう一ヵ月以上誰も入っていないはずの後孔は、けれど驚くほど早くほぐれ、じゅくりと澄也の杭にからみついていく。媚肉は澄也の杭を奥へ奥へと誘い、濡れた中はすぐさま熱くなった。

（なんか……ヘンだ）

媚薬を含む澄也の毒で濡れた中が、急に湿りを増した気がする。

「あ……んっ」

動かされてもいないのに、自分の内肉の蠕動だけで感じて、翼はびくんと揺れた。澄也が舌打ちし、大きく腰を打ちつけてくる。内部の衝撃に、がくがくと膝が震える。

「本当に誰とも、してないんだろうな？」

翼の中で杭を動かしながら、澄也がうなる。一ヵ月、誰も受け入れていない。いないはずなのに、そうとは言えないほど感じている自分が翼にも信じられなかった。

「こんな物欲しげな体で……俺以外の男と寝る気か？」

（なんでそんなこと、訊くんだよ）

澄也の言う意味が分からず、翼は涙ぐんだ。乱暴に抱かれているわけじゃないのに、頬を殴られながら犯されている気がする。

（なんで……）

澄也は、分かってくれないのだろう。男に抱かれるなんて、普通なら嫌に決まっている。それでも抱かれているのは、澄也だからなのに。頭を振り乱して喘ぎながら、翼はとめどなく溢れてくる涙をとめられなかった。

不意に澄也は翼を抱き竦め、胸を密着させるようにして腰をグラインドさせてきた。

「もしそうなったら、殺してやる」

翼の耳元で、澄也が呟いた。声は耳朶を舐めるように低く、暗い。

「……他の男に抱かれたら、その男もお前も、殺してやる」

激しく突かれ、中に先端を擦りつけられて翼は仰け反った。

「あ……、なん、なんで……っ」

首を振り、揺すられながら翼はうなった。

「なんでっ、他の男と……っ、殺すって……」

頬を転がる涙が痛い。澄也が、翼の足を持って体をぐるっと回転させた。

「や……あっ、あぁっ……んっ」

強烈な快感に翼は喘いだ。うつぶせにされ、澄也が翼の背中にのしかかってきた。

秘奥に沈められた澄也の杭が、先端だけで翼の敏感な部分を押す。背筋を駆け抜ける快感に、翼の恥肉がきゅうっと締まり、いやらしく伸縮する。すると、澄也はいらだったように息をついた。

「淫乱な体だ……。どうせ誰にでもこうだろう？　本当は一人くらい、俺のいない間に抱いてもらったんじゃないだろうな」

「あ、しな……っ、あっ、そンな、こと、しない……！」

ひどい。ひどいひどいひどい。

（ひどい……）

翼は、嗚咽を我慢して唇を噛みしめた。

澄也の心ない言葉で、まるで耳から全身を切り刻まれているみたい。

嫌なのは、こんなふうに自分を蔑みながら抱いてくる澄也だけじゃない。こんな扱いは嫌だと思うのに、腹が立つのに、苦しいのに、それでも澄也に抱かれることが気持ちよくてうれしくて、離されたくない自分がいることだ。

(バカじゃねぇの……俺……)

ぎりぎりまで抜かれた性器を、一気に根元まで突きたてられた瞬間、中で澄也が弾ける。精液が腹の中にぶつかる衝撃の後、翼も後を追って達した。

「く……」

澄也は抜かなかった。そのまま、再びゆるゆると腰を動かし始める。

「は……はあ……は、ん」

ぐったりと脱力していた翼も、濡れた中を刺激されるうちに無意識に腰を振っていた。

(……ああ)

なんて空しいのだろう。

抱かれていても、熱を感じていても、澄也がどこか遠い場所にいるような気がした。

力の入らない手で、きゅっとシーツを掴む。澄也はなにを思ったか、腰を揺すりながら翼の背骨を指でなぞっている。

「……翼」

思いつめたような声で、澄也が呟いた。浮いた背骨に、優しいキスが落ちてくる。

「翼……」

翼は、眼を閉じた。澄也の指、眼をつむってさえも思い出せる、長く、骨ばった——。

こんなことをされても澄也を好きな自分が滑稽で、また溢れた涙がシーツに吸い込まれる。

「先輩なんか……、大っ嫌いだよ」

呟くと、澄也は一瞬動きを止め、こくりと息を呑んだようだった。

「……気が合うな、俺も、お前が嫌いだ」

そう返す澄也の声が、自嘲するような響きを含んでかすれている。

(嘘だよ。ほんとは、好きだ。先輩が、どうしようもない男でも——)

心の中だけで、翼は告白する。本当に嫌いなのは、こんなことをされても抱かれていることをうれしいと思っている、愚かな自分。

電気もつけていない部屋の中、開けっ放しのカーテンの向こうから月が淡く光をこぼしている。

きれいだなと、翼は思った。涙ににじんで、月の輪郭はぼんやりと流れていく。

部屋の中には甘い香りがこもり、ベッドの軋《きし》む音と、肌を打つ湿った音が淫猥《いんわい》に混ざりあっていた。頬に当たるシーツが、涙で濡れて冷たかった。

もうなにも、どうでも、どうでもいい。

澄也が再び動きだし、翼は声が枯れるまで、喘ぎ続けた。

七

朝の低い光がカーテンごしに差しこむ部屋の中、ベッドに寝そべった翼《つばさ》を覗きこみ、央《おう》太《た》が体温計を確かめてほっと息をついた。

「よかったぁ、昨日より下がってるよ」

「学校、昼から行けるかな……」

いがらっぽい声で言った翼に、央太が叱るような眼を向けてくる。

「ダメだよ、こないだもそう言って無理したから翌日熱あがったんでしょ。微熱はあるんだから……」

言いながら、央太は翼の枕元に体温計を起き、翼が机の上に置いたままにしてあるトレイから水を取ってくれた。

「あ、翼。だめじゃない、ちょっとくらい食べなきゃ。食べないと治らないよ」

トレイには央太が寮の食堂から翼のために持ってきてくれた朝食が載っていたが、翼は口をつけていなかった。央太に叱られ、翼は小さな声でごめん、と謝った。

「食欲なくて……レモンだけは食べたから」

「三日前からそれしか食べてないでしょ……、いくらビタミンって言っても」

央太はふっとため息をついた。

「真耶《まや》兄さま怒ってたよ。澄也《すみや》先輩と兜《かぶと》先輩のことどっちも刺し殺すって」

翼の額に新しくしぼりなおした濡れタオルを置きながら、央太が不安そうな顔で言う。

「もうなにもされてないよね……？　あれから、澄也先輩に会ったりしてないよね？」

「してないって」

「……先輩の匂い、ちっとも薄まらないよね。もうずいぶん経つのに」

兜と出かけた帰りに澄也に犯された——あれは同意のうえのセックスではないと、翼は思っている——日から、二十日が経っていた。夏休みを間近に控えて期末考査も終わり、盛夏へと向かう季節、日に日に陽光は強くなっている。

澄也に抱かれた直後、翼は三日間高熱を出して寝こんだ。それからずっと、体調がおかしい。ちょっと楽になって登校しても、翌日には熱を出してベッドから出られない。食欲もなく胃が弱り、なにか食べると吐き気がするのでレモンのスライスばかり食べている。眠りも浅く、夜中に何度も眼が覚めてしまう。

期末考査の半分は受けられず、夏休み中に追試を受けることが決まっていた。当然、順位は正式なものではないが、五十番内に入ることもできなかった。

翼が澄也にまた抱かれたことは、匂いですぐに学校中に知れ渡ってしまっていた。毎日のように見舞いにやってくる真耶や兜と違って、一度も顔を出さない澄也とはあれきり会っていない。

けれど澄也の匂いは少しも薄れない。あの時何度も何度も抱かれたからなのか、中で出された澄也の精を、掻き出さなかったからなのか、翼には分からない。翼自身の香りとまじり、寝ていると匂いの強い花の中で眠っているようだった。

体の調子がおかしいのは、澄也とのことよりもホルモン安定薬を飲んでいないせいだろう。しかしあと十日もすれば夏休みが始まり、とりあえず家に帰れる。

（あとちょっとの辛抱。帰ったら、すぐに薬、もらいに行こう……）

心配して中々出ようとしない央太を促して学校へ向かわせると、部屋の中は急に静かになった。寮の廊下に微《かす》かに響いていた寮生の足音も消えて、遠く雀のさえずりと一緒に、予鈴の音が聞こえてきた。

一人になると、考えないようにしていてもいつの間にか澄也のことを思い出している。

一年半前、小さな部屋で見たあのテレビ。思い返すたびに勇気をもらった澄也の言葉を反芻しても、今の翼は胸が詰まるだけだ。

（こんなに弱気なのは、多分、体のせいだよな……）

体が弱れば心にも弱気が入りやすい。

（だから平気だ。……きっと、薬を飲んで元気になったら、前みたいに頑張ろうって思えるはず）

――そんなんじゃない。そんな簡単なものじゃない。

心の奥の声を聞かないように翼は眼を閉じ、やがてうとうととまどろみはじめた。

どのくらい経ったのか、翼はまどろみの中でなにかカチャカチャと物音をきいた。央太が忘れ物で戻ってきたのだろうか。ふと上半身を起こした翼は、細い肩を強ばらせた。カーテンを開けて、剣呑な表情で入ってきたのは飴宮《あめみや》だった。

「……飴宮さん。なんか、用ですか？」

精一杯強がった声を出したが、翼はベッドの上でつい後ずさった。飴宮は「見舞いだよ」と言って翼の枕元に腰かけてくる。その美しい顔は憎しみに歪んで見える。飴宮は澄也と前のように関係を持っているはずだったが、その体からは澄也の匂いは香ってこなかった。

（今は、続いてないのかな……）

と、翼は不思議に思った。

「お前さ……やっとおとなしくなったと思ったのに、まだ澄也にまとわりついてんのか？」

飴宮が眼を細め、翼の首筋に冷たい指をあててくる。

「こんなに澄也の匂いさせて。厭味かよ」

「……まとわりついてなんかない。匂いだって、もう二十日も前のものです」

翼が言うと、飴宮はふん、と鼻を鳴らした。

「下等な種は、フェロモンだして上級種に守ってもらうようにできてるらしいな？」

学園に入ってから、世間知らずだった翼もあちこちから入ってくる噂話で少しずつ世間のことを知った。下町育ちの翼の周りにはハイクラス種はいなかった。ハイクラスの人々はロウクラスよりも人口が少なく、有能で金持ちなために一部の特権的な職業について、高級住宅街に住んでいることが多い。ブルーワーカーがほとんどのロウクラスとは、自然と住み分けがされている。けれどハイクラス種は、本能的にロウクラスを庇護下に置きたがる。そしてロウクラスの多くは、ハイクラスに支配されることを好む本能があるというのは、よく言われる俗説だった。

「つまり、澄也がお前を相手にするのはお前が補食対象だからだよ。お前のフェロモンが、ハイクラスを惑わしてるだけ。対等じゃないんだよ」

しかもお前、と呟いて飴宮は鼻で嗤った。

「……普通のシジミチョウより弱いらしいしな。強いハイクラスは、弱者を守りたくなる。だから澄也はお前なんか相手にしてんのさ。言ってみれば、お前は売春婦」

忌々しげに呟き、飴宮は立ち上がった。

「お前のこと、本気で消してやる」

翼はぎくりとし、返す言葉をなくした。睨みつけられると、ロウクラスとしての本能からか恐怖心が駆り立てられ、心臓が早鐘を打つようにドキドキと鳴る。布団を握る手が震え、こめかみに冷たい汗がにじんだ。飴宮はそんな翼を見下すように冷たく嗤い、乱暴に扉を閉めて部屋から出て行った。

（俺がロウクラスなことが、そんなに悪いのかよ……）

もうなにも考えたくなくて、翼はベッドに潜りこんだ。

眠っていた翼が起きた頃、部屋の中は暗く時計は夜九時を指していた。寝ている間に熱があがったのだろう、布団もシーツも汗で湿り、前髪がべったりと額に張りついている。

「翼……起きたの？　大丈夫？　食堂からご飯もらってこようか？」

カーテンが揺れて、央太が声をかけてきた。パジャマのボタンをはずしながら、翼はのろのろと床に下りた。

「食事はいいや。俺、ちょっと風呂に入る」

とにかくこの汗を流してしまいたい。しかし翼が言うと、央太が困り顔で首を傾げた。

「それがね、ボクらの部屋のお風呂壊れちゃったみたい。僕も今日はこっちで入ろうと思ったんだけど栓がゆるんでて、ひねったら蛇口がとれてお湯が出せないの」

「ええ？　そんなの、工具持ってきて直せるだろ……？」

「ヨーロピアン調の特注蛇口だから業者を呼ばないとダメなんだって」

いかにもこの学園らしい弱点に、翼は絶句した。

「共同風呂行っておいでよ。さっきもガラガラだったし、この時間ならまず人来ないからゆっくり入れるよ」

そういえば、何度か央太と行った時も常に二人きりだった。翼は胸元を撫でてみた。薬をやめてから体調は悪いけれど、体が女性化しているほどではない。たぶん、風呂場で誰かと鉢合わせても大丈夫だろうと思い、翼は着替えを持って一階に向かった。央太の言うとおり風呂はがら空きで、誰もいない。脱衣所で服を脱ぐと、翼は辺りを確かめてから翅を出した。

壁の鏡に映すと瑠璃の翅に黒斑、橙色の点が尾状突起の上にくっきりと映り、性モザイクの特徴が見て分かるほどに現れている。翼はため息をついて翅をしまった。

（早く、薬飲まないと……）

不安なまま、夜は更けていった。

翌日、熱の下がった翼が央太と二人で登校すると、校舎の正面口に設置された中央掲示板に朝から人だかりができていた。

「なんだろ、今日ってなにかの発表あったっけ？」

央太が不思議そうに眼をしばたたく。体調の悪い翼は早く座りたくて興味もなかったが、突然人だかりに振り向かれ、一斉に意味ありげな冷笑を向けられた。

（……なんだよ？）

「翼くん」

人群れを掻き分けて、真耶が出てきた。その顔が青い。後ろの兜も見たことのない厳しい表情をしている。

「真耶先輩……？　どうかしたんですか？」

真耶が後ろから抱き込むように、翼の両肩を包む。

「早く教室に行ったほうがいい」

どこか焦ったような口調だった。翼は掲示板を振り返る。そこには写真のようなものが張り出されている——。なんだろう？　眼を凝らした瞬間、翼は体を強ばらせた。

その写真に写っていたのは、翅を広げた翼だった。尻から上を写しただけのものだが、その顔は翼のもの、大きな翅は黒斑をしていた。

——性モザイクが男子校にいた！

10000頭に1頭の珍しさ。彼は男なのか、女なのか。

写真の横に書き殴られた文字に、翼は一瞬で血の気が退き、眼の前がまっ暗になるのを感じた。

「ええ？　これって本当なのか？　なあ青木《あおき》、違うなら翅、広げてくれない？」

揶揄する声に顔をあげると、人だかりの中心で飴宮が嗤っていた。とたん、翼はピンときた。間違いない。

（こいつだ――……）

――お前……普通のシジミチョウより、弱いらしいしな。

昨日、翼を見舞った飴宮はそう言っていたはずだ。

以前、北校舎で飴宮に捕まり強姦されかけた日、翼は逃げようとして翅を広げた。あの時、飴宮は翼の翅を眺めていた。

（あの時、気づかれてたんだ……）

翼は愕然とし、全身が冷たくなるのを感じた。

昨日飴宮が来る直前、翼はまどろみの中でなにか不穏な物音を聞いていた。風呂が壊れていたのは、翼が寝ている間に飴宮がどうにかして細工したに違いない。隠したカメラで、共同風呂の脱衣所に追い込んだ翼の翅を撮るのは造作もなかっただろう。

「お前みたいなオトコオンナが、男子校にいていいのか？」

出てけ！　と声がした。叫んだのはいつも食堂で真耶や兜に構われている翼を睨んでいる大勢の生徒のうちの一人だった。周りの人垣は面白がるように笑っていて、止める気配もない。彼らはやがて一緒になって、出てけ、とコールしはじめた。

「黙れ、全員刺し殺す！」

真耶が怒鳴る声も、大勢の出て行けコールに掻き消される。翼は気づいたら、真耶の手を払っていた。

額から冷たい汗が流れた。自分の心臓の音が、どくどくとうるさい。人だかりに向かって立つと、翼は倒れないように足を踏ん張り、シャツのボタンをちぎるようにはずして脱いだ。コールがやむ。

「翼くん！」

ぎょっとしたような真耶の声を無視し、翼は肩甲骨に力を入れた。勢いよく、翅が背に広がる。

飛び散る鱗粉。瑠璃に黒斑。

陽に透けるのは――性モザイクの翅。

「そうだ、俺は性モザイクだよ。……だからなんだ？　きちんと、認められてこの学園に入ってる。俺が男か女かだって？　ふざけんなよ！」

翼は腹が立っていた、怒りで全身が焼けそうだった。もういい、もう、これで追い出されても仕方がない。翼はなにも悪いことをしていない。それなのに、ここまで言われて逃げ出したくはなかった。たとえ学園にいられなくなっても、自分の心にまで嘘をつくことはできない。この学園に入ってから今まで、不当な扱いを受けるたびにため込んできた激しい怒りが爆発し、翼を突き動かしていた。

「お前ら、他人の足引っ張るのがそんなに面白いか？　他人を蔑むのが、そんなに楽しいか？　そうやって自分は偉くなったつもりかよ！」

翼が一歩踏み出すと、気圧されたように人垣が一歩退く。

「誰だって明日死ぬかもしれない。命は必ず限りがあるんだ。そんなくだらないことに人生使ってる時間、もったいないと思わないのかよ!?　誰も自分の人生を生きてくれない、自分の足で生き抜くんだ！」

言い切った後、とてつもない疲労がどっと背に襲ってきた。翅をしまい、シャツを取り上げる。指先はぶるぶると震えていた。

吐き気がして、翼は踵を返すとめちゃくちゃに走り出した。

「な、なんだ、あの性モザイク！」

静まり返った人垣に向かって飴宮がわめいていたが、廊下を曲がって最初のトイレに駆けこむとその声も消えた。

洗面台に飛びつき、翼は嘔吐した。なにも入っていない胃からは胃液しか出ない。

「翼くん、大丈夫なの!?」

遅れて飛び込んできた真耶が翼の背をさすり、央太が横でおろおろとする。

「……シジミちゃん、妊娠してないよね？」

扉口に立った兜が、ふと言った。

（妊娠……？）

「性モザイクだから、女性機能はあるんでしょ……？　この頃レモンばっかり食べてたんだよね？　ずっと具合が悪いの、つわり、じゃないよね？」

「なに言ってんの、そんなわけ……」

真耶の声が虚ろになる。

（妊娠……って。そんなの）

翼は以前、医者から言われた。

『子どもだけどね、青木くんは女性としての出産もできるから』

とても考えられないから、その時は必要ないと言った気がする。大人になるまで生きていられるかも分からないのに、子どものことなんて……と思った。

突然膝から力がぬけ、翼はヘナヘナとその場に座り込んだ。

「シジミちゃん、澄也と寝た時、中に出された？」

耳鳴りがする。見上げると、兜の顔はいつもに似合わず厳しかった。視界が白んで、神経がギリギリまで細くなっていくのを感じた。

薬を飲まなくなってから一度だけ、澄也と寝た。あの時、確かに中へ出された。あれから三週間も経つのに、まだ澄也の匂いが消えていない——まるで体の中に、澄也のなにかが残っているように。

不意に央太が泣きだした。後ろから、真耶が震える腕で抱きしめてくる。翼はトイレの床にぺたりと尻をつけたまま、身じろぎもできずに呆然としていた。やがて予鈴の鳴る音が聞こえると、真耶が気を取り直したように翼から離れた。

「僕が翼くんを寮に連れて帰るから……央太は、もう教室に行きなさい」

「真耶兄さま、翼、医務室に連れて行ったら？　保険医の先生に診てもらおうよ」

「ダメだよ、央ちゃん。もし妊娠してたら、学校側に知られるわけにいかない。シジミちゃんは学校にいられなくなるかもしれないんだよ」

その言葉に、翼も震えた。学校に知られたら、もうここにはいられない。

「いいから行きなさい、央太」

再び促されて扉に手をかけた央太が、突然「わっ」と声をあげて後ずさった。

「す、すみ、澄也先輩……」

上ずった央太の声に、翼は顔をあげた。戸口に立つ澄也が中を見渡し、床にへたりこんだ翼を見つけると眉根を寄せた。翼は溺《おぼ》れたような息苦しさで胸が詰まり、澄也の顔がまともに見られなくてうつむいた。

「こんなところで集まって、お遊戯の練習か？」

「バカ言うんじゃないよ。あの掲示板見てないの？」

「そいつが、性モザイクだっていうあれか」

澄也は興味のなさそうな口調で吐き出してきた。

（どうでもいい、って……？）

分かっていたのに澄也のそんな態度に傷ついて、翼は膝の上で拳を作る。

「なにか言うことあるだろ、翼くんに」

真耶に言われたからか、澄也が翼を一瞥してきた。視線を感じ、翼はびくりと肩を揺らしてしまった。

「……顔色が、ひどい」

ぼそっと、澄也が言う。見当違いの言葉に驚いて、翼は顔をあげた。けれど澄也にはぷいと顔を背けられる。

「痩せすぎだ」

「誰のせいだと思ってるんだい！　第一、そんなことより前に言うことがあるだろ？」

「おい」

辛抱が切れたように、澄也が兜を睨む。

「俺になにを言わせたい。なんの茶番だ。さっさと済ませろ、気分が悪い」

「シジミちゃんのお腹にね、澄也の赤ちゃんがいるかもしれないんだ」

なんの前触れもない兜の言葉に、翼は心臓が一瞬止まるような気がした。澄也の表情も止まっていた。言った兜を見つめ、それから翼を見る。やがて引きつった笑みが、その唇に浮かぶ。

「なんの話だ？」

「性モザイクだから、妊娠や出産もできるんだよ。シジミちゃん、つわりみたいな症状が出てるんだ。澄也がシジミちゃんを抱いてから、三週間以上経ってる」

兜の説明が終わるや、真耶が問い詰めるように口を挟む。

「責任とるつもり、あるんだろうね？　澄也」

「責任？」

「当然結婚するなり、養育費や慰謝料を払うなり、手術代を払うなり、とにかく翼くんの要求を呑むつもりだよ！」

「結婚？　男と、か？」

「シジミちゃんは性モザイクだから、男とも結婚できるよ」

真耶と兜を見比べ、澄也が困惑したように引きつった嗤いを浮かべる。

「……お前ら、俺を誰だと思ってるんだ？　七雲《なぐも》の人間だぞ。タランチュラがシジミチョウと結婚なんて、許されるはずがない」

後半、澄也の嗤いは消えていた。声から力をなくし、不安げに琥珀の眼を揺らし、最後には呆然としたような表情に変わった。

シジミチョウと……。

（また、それ？　また、そこなのかよ？）

頭の奥が、ショックで冷たくなるのを感じた。体の中心で自分を支えてくれている芯のようなものが、抜け落ちていくような気持ちだった。

（……俺自身のことは、見てくんねえの……？）

「家なんて、追い出されたらいい。少しは苦労して、翼くんの痛みを味わえ！」

「真耶先輩」

怒鳴っている真耶の言葉を、翼は遮った。

「もう、いいんだ。もし子どもができてたら、俺、堕ろしてくるから……」

堕ろす、と口にしたら、胸の差し込みが鈍く痛んだ。

「待て、誰が堕ろせと言ったんだ」

不意に澄也が、焦ったように一歩踏み出してくる。

「子どもができてたら、産め」

「きみに命令する権利なんかないよ！」

真耶が火を噴き、澄也は舌を打ってぐしゃぐしゃと前髪をかきあげた。

「責任とればいいんだろう。分かった、お前と結婚する」

（なに言ってんだ……？　この人……）

翼は信じられない思いで、澄也を見つめた。相当いらだっているのか、澄也はポケットから煙草を出す。兜にここで喫《す》っちゃダメだよと言われて元に戻し、今度は額に手を当てて首を垂れた。大きく息を吐き出し、うめくように呟く。

「俺が、シジミチョウと結婚か……」

とたん、翼はカッとなった。気がつくと立ち上がり、勢いよく振り上げた手で、自分より高い位置にある澄也の頰をしたたかに打っていた。

澄也がよろめき、壁に背をつく。次の瞬間、翼の箍がはずれた。

「二言めにはシジミチョウ、シジミチョウ……そんな責任の取られ方、俺は望んでない！」

「結婚すると言ったのに、なにが不満だ！」

「不満だらけだ！」

喉が詰まる。怒りと絶望がいっしょくたになって腹の底から押し上がってくる。胃を切り、喉を裂くような痛みのある熱。息を切らしながら、翼はぶるぶると震えていた。

（望んでないくせに）

結婚なんて、自分と一緒にいることなんて、自分との子どもなんて望んでない、澄也。

「……レイプされて、子どもできて……さらにその相手にはお情けで結婚してやるなんて言われて、それが不満じゃなかったら、頭おかしいぜ」

「レイプ？　俺が、お前にしたことはレイプだって言うのか？」

澄也の眼が、険悪になる。翼は睨み返す。

「レイプだろ。初めからそうだった」

「俺は優しく抱いた」

「そういう問題かよ！　心には乱暴してんだよ、分かんねえのか⁉」

「お前は抵抗しなかった」

「したよ、でもアンタに勝てるわけないだろ！　俺はロウクラスで、アンタはハイクラスなんだから！」

澄也は眼を見開き、言葉を失ったように一瞬口をつぐんだ。

「嫌々抱かれていたわけか？」

「当たり前だ。アンタだって、俺のことは本気じゃないって言ってたろ⁉」

澄也が一瞬表情を失い、翼を見つめてきた。一歩よろめいて舌を打つと、その足で突然トイレの壁を蹴った。澄也の爪先は壁にめり込み、割れたタイルの石灰がパラパラと床に散る。

「……そうか。そうだろうな、お前が俺に勝てるはずがない。嫌でも抱かれるだろうな。俺だって、お前じゃ……なくてもよかった。暇つぶしだ」

暇つぶし。その言葉にこそ胸がつぶれ、翼は眼の前が暗くなる。自分から訊いたのに、傷ついている。まるでバカみたいだ――……。

「……じゃあなんで何度も、抱いたんだよ？」

「性モザイクだと知っていれば抱かなかった」

吐き捨てるように、澄也が言った。

「……本当に偶然の妊娠なのか？　狙ったんじゃないのか？」

「どういう意味だよ……」

「俺の地位と財産をアテにして、わざと妊娠したんじゃないのか？　お前はロウクラスで、俺はハイクラスだからな」

（はあ……？　……なに言ってんの）

翼は足先から地面がなくなって、まっ暗な虚空に突き落とされていくような気持ちになった。抱かれていたのは好きだから。そんなこと当たり前だ。でも、澄也にはそれが伝わっていない。急に、自分の命がひどくちっぽけで軽くなったように感じる。

「……俺は、そんなに虫けらかよ？」

澄也は顔を背けていたが、翼は震える唇で言葉を紡いだ。

「アンタは俺のこと、シジミチョウとしてしか、見ない……」

「お前だろう、それは」

顔を背けたまま、澄也が翼の言葉を遮る。

「俺がハイクラスじゃなければ、抱かれなかった」

「先輩だって」

俺がシジミチョウで、暇つぶしになるから抱いたって、たった今言ったじゃないか。

「シジミチョウは、嫌いだって言ってたろ」

「ああ、嫌いだ。だから、『レイプ』したんだろうが?」

「……アンタ」

翼が呟いた言葉に、澄也が顔をあげる。

「俺のこと、ほんとにどうでも……いいんだな。ほんとに、俺のこと、嫌いなんだ……」

「……俺を嫌ってるのは、お前のほうだろう」

翼は嗤った。おかしいのは自分だ。こんなみじめな思いをしていても、澄也が嫌いになれない。

(バカみてー……)

ようやく、分かった気がする。澄也が翼との間に横たわる階級の壁を超えてくれることはない。けっして。

泣く気も、責める気も湧かなかった。ただ体から力がぬけ、疲れただけだ。

「俺、もう疲れたんで……一度寮に戻って休みます。先輩たちは授業に出てください」

翼は立ち上がったが、歩き出すとよろめいた。不意に澄也が腕を伸ばして翼を支えた。

その瞬間、嫌悪感が背を走る。翼は思わず、澄也を押しのけていた。

「触るな」

「……一人では歩けないだろうが」

「アンタの手は要らない」

声が上ずって、かすれた。

「もう要らない。俺、もう、アンタは要らない」

のろのろと見上げると、澄也の琥珀の眼が揺れた。一瞬泣きだしそうに見えたのは、気のせいだろうか。

なにも考えたくなくて、翼は一人でトイレを出る。後から追いかけてきた央太が翼の腕をとって引き止めてきた。

「翼、澄也先輩、ほんとは翼のこと好きなはずだよ。戻ってちゃんと話そうよ」

心がぽっかり空洞になったようで、央太の言葉が届かない。翼は力なく首を振った。

「もういい。あいつは俺が嫌いなんだ」

「そんなわけない。そんなわけないよ。澄也先輩にもきっと、思うところがあって」

「いい。もういいんだ。央太……俺もあいつのこと嫌いになるから……だから」

嘘だ。嫌いになんてなれない。

(だって俺は、澄也先輩に会いたくてここまで来た……)

鼻の奥がツンと痺れて、熱いものが眼に盛り上がった。

頭の中にフラッシュバックする、澄也の顔。つまらなさそうな眼差し、波立たない無表情。けれど時おり混ざる、心配そうな視線や口許に小さく浮かぶ淡い笑み——。ここにいろと言って抱きしめてくれたのは、なんだったのだろう。

（帰ろう）

最後まで残していた選択を、この時翼は選んだ。

（実家に帰って、病院に行って、それから……）

それからのことは、なにも浮かばなかった。分かっているのはただ一つ、こんな状態で家に帰れば、もう二度と学園には戻してもらえないだろうということ、それだけ。

（こんな結末のためだったのか……？）

両親の反対を押し切ってまで、平和で安全な日々から抜け出してきたのは、こんな結末のためだったのだろうか。

泣き出した翼を抱きしめて、央太が泣かないで泣かないでと言う。

廊下に本鈴が響き、うっすらと聞こえていた生徒たちの雑談の声が、教室の中へ遠のいていった。

『翼？　どうしたんだこんな時間に』

受話器の向こうから聞こえてきた父親の声に、翼は返す言葉を迷った。

両親が経営する小さな商店に、翼は駅の公衆電話から電話をかけた。星北学園の最寄り駅はさほど都心ではない。こじんまりした急行電車の通過駅に、真昼間のこの時間人気は少なかった。

『こんな時間に電話なんて、学校休んだのか？』

「う、うん、まあ、ちょっと。あの……母さんは？」

『配達に出てるよ。母さん、心配してたぞ、生徒会なんかやってよけいに体悪くするって

……やっぱり、具合悪いのか』

いつも無口な父親が、今日は珍しくよくしゃべる。

（これから、帰るから）

そのたった一言が喉のところに引っかかり、翼はなにも返せない。父が電話の向こうで

小さく息をつくのが聞こえる。

『だから星北なんかに行くことは反対だったんだが……まあ、頑張ってみなさい。生徒会

なんて、すごいじゃないか』

「父さん、俺が学園にいること、賛成なのか？」

いきなりの励ましに、翼は驚いて声をあげた。受話器から父が困ったように笑う気配が

聞こえてくる。

『母さんには内緒だぞ。父さんだって心配だけどな、お前が自分で決めたことだから、応援することにしたよ』

今から家に帰りたい、という言葉が翼の喉の奥で掻き消されてしまった。

青木さーん、お会計、いい？

父の後ろから聞こえてくるのは客の声だろう、父が受話器から離れて『はい、ただいま』と返事をする。

『翼、お客さんだからまたな。母さんに用だったか？』

「あ、ううん。なんでもない。ちょっと声聞きたかっただけだから……またかけるよ」

わざと明るい声を出して、翼は受話器を置いた。

「……なにやってんだろ、俺」

(でも言えない。応援してくれる父さんに、妊娠したかもしれないから、帰って病院行くなんて……とても)

送るという央太や真耶の申し出を断り、一人で寮に戻った翼は、すぐに荷物をまとめて寮を出てきた。兜や真耶、央太には謝罪と実家に帰ったらすぐ連絡するからという旨《むね》を記して、置手紙をしてきた。彼らの顔を見て別れを告げる勇気はなかった。そんなことをすれば、きっと出ていけなくなると思ったのだ。

結局行くあてもなく、翼はのろのろと駅を出た。スポーツバッグが肩に重く、ちょっと歩くとすぐに息が切れる。

いつか兜と行った恩賜公園を過ぎ、川沿いの道に出ると翼は土手に腰を下ろした。川べりには葦の穂が高く、土手にはエノコログサが生い繁っている。昼下がりの時分、学校帰りの子どもたちの遊ぶ声が、風に乗って響いてくる。

(これからどうしよう……)

寮にはいられない。実家には帰れない。かといって一人で病院に行く金もない。

うなだれていても、脳裏に浮かぶのはただただ澄也のことだった。そんな自分が情けなくて、翼はぎゅっと眼を閉じた。

(どうして、忘れられねえんだよ。ひどいことばっかされてるのに)

……俺を嫌ってるのは、お前のほうだ。

ふと、耳に返ってくる澄也の声。

(そういえば、先輩はなんであんなふうに言ったんだろ……)

翼は疑問に思う。あの時の澄也の声は苦かった。冷静じゃなかったからよく考えなかったけれど、澄也の態度はところどころ、おかしかった気がする。

(なんで澄也先輩は、俺に産めって言ったんだろうな。……慰謝料を渡すんじゃなくて、なんで俺と結婚するって……?)

妙な気がした。けれど、考えても分からない。

（意外と子煩悩なのかな？　それで、産めって？　だったら、先輩に訊かずに堕ろすって決めたら、悪いのかな……）

いや、さすがにそう思うのは人が好すぎる、と翼は苦笑した。

（だけど先輩、俺が堕ろすって言ったら、いきなり焦って——それで結婚するって……）

男同士で結婚するという展開そのものに、自分が違和感を感じないのもおかしい、と翼は思った。

（そうなったらちょっと、うれしいからかな？　俺、心まで女になってきてんのかな……）

もしも澄也が心から翼との結婚を望んで、子どもを産んでほしいと言ってくれたなら自分はどうしただろう。

詮のない想像に口の端だけでちょっと笑うと、突風が吹いて丈の高いエノコログサがざわざわと揺れた。ふと風に乗り、濃密な甘い匂いが鼻腔に届く。

（……この匂い）

澄也の匂いだと思った。その時翼が感じたのは怒りではなく、恋しさだった。だが急いで振り向いた先に立っていた男を見て、その恋しさは急速にしぼんでいく。

「澄也だと思ったろ？」

プラチナブロンドが日に映えて、眩しい。夏物の黒いジャケットに、シンプルなパンツ。

首元でドッグタグが光る。甘いマスクでにっこりと笑う男は、陶也《とうや》だ。

「お前、邪魔だよ」

睫毛の隙間から覗く陶也の琥珀の虹彩に、冷たい光が宿った。逃げようとした矢先、陶也の指先から銀色の糸が飛び出し、翼の首筋を鋭く刺した。

「……あっ」

首筋が、ジンと痛む。とたんに足が萎え、翼は頭から地面に倒れこんだ。体が震え、感覚がなくなっていく。どっと汗が吹き出た。意識が揺らぎ、視界が霞む。陶也は携帯電話でなにかしゃべっている。

「ああ、いつもの部屋を空けておけ。今回は、食い残しはきれいに消す」

(澄也先輩……)

翼の脳裏には、澄也のことが浮かんだ。なぜか澄也は捨てられた犬のようなさみしげな眼をして、翼を見つめている。

先輩、助けて。

細くなる意識をたぐりよせたけれど、翼はあっという間に気を失った。


翼が眼を開けた時、体は重く頭は鈍く痛んでいた。強烈な睡眠薬を飲んで長く眠り続けた後のように、時間の感覚がなく、体はまだどこか麻痺しているようだった。

かすんだ眼であたりを見回すと、翼はキングサイズのベッドに両手足を戒められてつながれていることに気がついた。戒めはクモの糸で、口にも布を噛まされていた。

やがてベッドが揺れ、見ると、陶也が腰かけたところだ。

「ずいぶん寝てたな、もう一日経ってるぜ。一流ホテルスイートのベッドは、寝心地がいいだろ？」

その部屋はゆったりと広く、中央にベッドが配されている。大きく開いた窓からは都心のビル街が眺望できる。どうやら、都内の高級ホテルのようだ。

ベッドが揺れ、陶也が翼に覆いかぶさってきた。甘やかな笑みを浮かべているのに、陶也の眼は笑っていない。見下ろされると、翼は背筋が震え額に汗がにじんできた。

「ここは俺のヤリ部屋。いつもは気に入ったヤツしか連れ込まないんだけどな。お前はオイタが過ぎたな、シジミチョウ」

長い指で頬をなぞられ、そのままゆっくりと爪の先で引っかかれて翼は青ざめた。

「お前のせいで、俺の澄也はいつも上の空だ。……気に入らないよな。お前が……ロウクラスのシジミチョウごときが、澄也をおかしくしちまったんだ」

（……こいつ、俺を、どうする気……）

その時、陶也の胸ポケットから携帯電話の着信音が響き、陶也は翼の上に覆いかぶさったまま電話を取り出した。

『陶也か？』

電話から聞こえてきた声に、翼はハッと眼を瞠った。

（澄也、先輩……）

それは澄也の声だった。声が漏れないようにか、陶也が空いた片手で翼の口を押さえ、甘い笑みを浮かべた。

「よう、澄也。どうした？」

『お前、どこにいる』

「いつものヤリ部屋だけど？　活きのいいのを捕まえたから。あ、もう死にかけだけどな」

翼の背に、じわっと冷たい汗がにじんだ。

『……昨日、青木翼がいなくなった。実家にもいない。探しているが、見つからない』

――探している。

翼は喉の奥で、こくりと息を呑んだ。

（嘘だろ……？　なんで？）

どうして澄也が、自分を探してくれているのだろう。

（きっと、真耶先輩とかにせっつかれて……それだけだ。でも）

こんな状況なのに、翼はたったそれだけのことでもうれしいと感じている自分に驚く。

澄也が自分を心配してくれている気がして、切ない喜びが胸の底に痛いほど広がる。

「ふうん、お前って、あのシジミチョウのことになると必死だな」

笑みを消し、陶也がつまらなさそうに返した。

『陶也、お前……翼になにかしたか？』

「まさか。なんで俺がシジミチョウにちょっかいかけるんだ？　それとも、かける理由があるのかよ？」

電話の向こうで沈黙する澄也から、責めるような気配が伝わってくる。陶也が鼻で嗤った。

「澄也……俺たち、いつも一緒だったよな。まるで双子みたいにさ。お前の気持ちを分かるのは俺だけ。俺の気持ちを分かるのもお前だけ。そうだったよな？」

『陶也、俺はお前じゃない。お前も、俺じゃない』

「さみしいこと言うんだな。でもそうかもな、いかもの食いをするだけなら分かるさ、よっぽど退屈だったんだろうって思うぜ。でもな、シジミチョウを孕ませるなんて……さすがに笑えないぜ、澄也」

言葉とは裏腹に、陶也が声をたてて嗤いだした。どうして陶也が妊娠のことを知っているのだろう。翼は陶也の思惑がわからず、けれど神経質そうな嗤い声に激しい憎悪だけはありありと感じて、恐怖に襲われた。

『お前、翼といるのか……？　いるんだな……!?』

「澄也さ、お前、俺に嘘を言ったな？　もうあのシジミチョウには手ぇ出さないんじゃなかったのか？　だから俺も手をひいた。それがちゃっかりヤって、ガキ作ってる。三週間前、お前がこいつをヤった直後に殺しとくんだったな……」

『……翼を返せ。あいつになにかしたら、殺す』

電話の奥でうなる声がした。

（先輩……なんで？）

どうして、怒ってくれるのか。翼は澄也の手を払って、要らないと言ったのだ。

（あの時……先輩泣きそうに見えた……）

あれは見間違いではなかったのだろうか？

「分家のお前が、本家の俺を殺すって？」

『ホワイトニーとレッドニーは同格だ』

「ははっ、ぞくぞくするぜ、澄也。生まれて初めてスリルを感じてる。でもな」

陶也は嗤いをおさめると、翼を見下ろしてくる。ぞっとするほど冷たい視線だった。

「もう遅い」

まだなにか言おうとした澄也の声を聞かずに、陶也は電話を切った。携帯電話は三秒後に再び鳴りはじめたが、陶也は二つ折りの機体を反対側に折り曲げた。音をたてて割れた携帯電話が、床に転げ落ちる。

「あーあ……壊れちまった。まだ新品だったのにな？」

陶也はおかしそうに広い肩を竦め、翼の口から優しく猿轡《さるぐつわ》をはずしてきた。

「なあシジミチョウ。俺はいつでも澄也の食ったものは後で必ず食べてたんだ。あいつは一度もそれを嫌がらなかった。食わせろと言って、拒否されたのはお前が初めてだった。俺から庇うために下手な嘘をついてさ……澄也があんまり必死だから、騙されてやったんだぜ？」

「……どういう、意味」

喉に力が入らず、翼は声がかすれた。陶也は呆れたように垂れ気味の甘い眼許を細めた。

「分からないか？　澄也はお前にベタ惚れなんだよ。俺からお前を遠ざけたくて、自分まで離れるなんて、涙ぐましい恋心だよな？」

嘘だ。

翼は弱弱しく首を横に振る。

『消えろ、シジミチョウ』

翼を陶也の前で突き放した日、そう言った澄也の顔は、息苦しそうだった。不味いと罵って、消えろとはね除けて、けれどあれは陶也から翼を守るためだったのだろうか？

（そんなわけ、ない……）

それでも、翼を抱く時に名前を呼んでくれる澄也の声はいつも、優しかった。他の男に翼が抱かれたら殺すと言っていた。

『嫌ってるのは、お前のほうだ……』

思い出した。最後に抱かれた日、嫌いだと言ったのは翼のほうだ。澄也に大事にされないことが辛くて、つい口走ってしまったのだ。

『俺がハイクラスじゃなければ、抱かれなかったんだろう』

『子どもができてたら、産め』

『お前と結婚する――』

（あれが先輩の、精一杯だとしたら……）

翼は心臓がどくりと脈打つのを感じた。

「澄也は……ハイクラス屈指のレッドニータランチュラだ。飽きっぽくて、冷徹な俺の半身だった。それがお前みたいなシジミチョウに惚れてるなんて、俺はつまらない」

陶也は呟くと、突然翼の首を締めつけてくる。翼は頭を仰け反らせて喘ぐ。

「あ……う」

「これが見えるか？」

翼は陶也の爪先から、細い針のように糸が伸びていくのを見た。その銀糸を伝い、黄色い液体が翼の頬にこぼれ落ちた。

「毒だ。……ただし、媚毒みたいな甘いものじゃない。量を飲めば、死に至る。法律で使うことは禁じられてるけどな」

　にこっと笑い、陶也が翼の首筋に糸をあてる。

「大丈夫、致死量は入れないって」

　──いやだ！

　恐怖が全身を貫いた。翼は身をよじり、自由にならない手足をばたつかせた。首筋に当たった糸が、不意に注射針のように血管へ差し込まれる。翼は声にならない叫びをあげた。陶也がゲラゲラと嗤いながら飛び退く。

「うそうそ、殺す毒なんて使えるわけないだろ？　ちょっと具合悪くなるだけだって」

　手足の戒めはほどけたが、体が一気に熱くなり耐え切れないほどのかゆみを感じた。翼は無我夢中で喉をかきむしり、わけもわからず上着を脱ぐ。突然かゆみは痛みに変わった。

「痛……ッ、痛い、痛い痛い、痛い……ッ、痛い──っ！」

　肌が肉ごと裂けるような痛みに、全身を襲われる。もだえる翼の背中に、陶也が飛びついてくる。

「なあ、ここに澄也の赤ん坊、いるのか？」

　露になった翼の腹部に、陶也が大きな手のひらを張りつけてくる。翼は背筋に悪寒を走らせた。

(殺される……子どもを、殺される)

翼は咄嗟に翅を広げた。驚いた陶也の不意を突き、必死で翅をはためかせた。だがすぐさま陶也の細い糸に絡みつかれ、翼は翅を切り裂かれた。

「うああっ!」

鱗粉を散らしながら、翼は床に落ちた。翅がしおしおと閉じる。うつ伏せになったまま、翼は腹を両手で抱えて丸くなった。どっと吹き出た汗が玉になって顎を伝い、肩甲骨から傷ついた翅の血が流れてくる。高熱を発したように全身が熱く、呼吸はぜいぜいと乱れていた。激痛に、意識が朦朧としてくる。

(……もしここに、子どもがいたら)

守らなきゃ。

なにか考えるより先に、はっきりとそう思った。

子どもがいたら産めと、澄也は言っていた。どうしてそう言ってくれたのだろう。知りたいと翼は思った。

階級の溝に阻まれて、自分だって澄也の本心を知らなかったかもしれない。

(会いたい)

潮のように、想いが噴きだす。

(もう一度先輩に会いたい。会いたい会いたい、会いたい)

もし次の瞬間、死んだとしても、後悔しないように。

──会って伝えたい。先輩に、好きだって──。

「なめた真似しやがって……」

次の瞬間、背を強かに踏みつけられて翼は呻《うめ》いたが、腹だけは庇うように抱いた。

「邪魔なガキは流してもらうぜ」

「……せない」

「なんだって？」

うなった翼に、陶也が訊き返してくる。翼は、息を吸い込む。弱った喉に、渾身の力を込めた。

「殺させないって言ったんだ……お前みたいな憐れなクモにはな！」

「こいつ……っ」

陶也が足を大きく振り上げた時だった。扉がけたたましい音をたてて開いた。

「翼！」

（先輩……？）

髪も服も振り乱し、駆け込んできた男を見た瞬間、翼は張りつめていた緊張が緩むのを感じた。

澄也だった。

澄也が声にならない叫びをあげ、爪の先からほとばしらせた銀糸を陶也の首に巻きつける。陶也の体は宙に浮き、そのまま壁に吹き飛んだ。ホテルの壁は音をたててひび割れ、床に落ちた陶也は気を失ったように動かなくなった。

「大丈夫か！」

見知らぬ人影が二人駆け込んできて、翼を抱き起こしてくれた。朦朧《もうろう》とした視界で、翼は鼻筋の通った美女と穏やかそうな小柄の中年男性をとらえた。

「ひどい熱、毒を打たれた後だわ」

「彼は性モザイクだ、急いで救急車を呼ばないと危ない」

男性が携帯電話を取り出す。

「陶也、お前、殺してやる！」

まだ叫んでいる澄也を、美女が正面から押さえこんだ。

「やめなさい！　もう気絶してるわ、殺したらアンタも同罪よ！」

「うるさい、翼が……死んだら、殺してやる」

「早く抱き上げてあげて」

落ちていく意識の中で、翼は澄也が近づいてくるのを見た。

（先輩……ひどい顔……）

澄也の顔はまっ青だった。翼を抱き上げる腕はぶるぶると震え、琥珀の眼から不意に涙

がこぼれて、翼の頬へ落ちてくる。どうして澄也が泣いているのだろう。翼は不思議なものを見るように、澄也の顔を眺めた。

「すまない……本当に、すまない」

翼は澄也に、やんわりと抱きしめられた。

首元に押しつけられた澄也の瞼の下から溢れる涙で、翼の肌が熱く濡れていく。澄也の甘い匂いが鼻先に懐かしく香り、翼は深い安堵を覚えて眼を閉じた。

泣かないで先輩。

(先輩、本当は俺のこと、好きなんだろ……?)

急速に消えていく意識の中で、翼はふと思った。

(俺も、本当は、先輩が好きなんだよ)

死ぬのかもなぁと思いながら、この死に方は悪くないと、翼は微笑《わら》った。

微笑えていたかは、分からなかったけれど。

八

都内の大病院に搬送された翼《つばさ》は、三日間面会謝絶が敷かれた。

央太《おうた》と真耶《まや》、兜《かぶと》の三人が連れ立って翼の入院している個室を訪れてくれたのは、面会が許された初日の昼だった。翼が寝台を起こした状態で雑誌を読んでいると、開け放してある扉の向こうから泣き声が聞こえてきた。顔をあげるのと同時に、ちょうど部屋に入ってきたばかりの央太が、泣きわめきながら抱きついてきた。

「翼っ、心配したんだよ！　無事でよかったよ……っ」

「央太、翼くんは病み上がりなんだよ、泣いたらダメじゃないか」

後ろから入ってきた真耶が央太を叱ったが、その真耶の眼も赤くなっている。

「心配かけてごめん、央太。先輩たちも、ありがとうございます」

「なにはともあれ、無事でなによりだったね、シジミちゃん」

真耶の後ろでは、兜が笑っていた。三人の顔を見るのがなぜか懐かしいような気がして、翼は胸の奥がほっと明るくなった。

「翼くんに、渡すものがあるんだ」

と言って、真耶が手に持っていた白い紙袋を差し出してきた。なんだろうと思って受け取り、中を見た翼はあっと声をあげた。

「俺の、薬……」

失くしたと思っていた、性ホルモンをコントロールする薬が大量に入っている。飴宮の部屋から出てきてね、と真耶が説明してくれた。それは学校側にも知られたらしい。

「飴宮《あめみや》の処分については今、理事会で話し合われてるところだよ」

「黒川《くろかわ》と鎌野《かまの》が薬、探してくれたんだよぉ。彼らシジミちゃんのこと本気で心配してたよ。病院にお見舞いに来たいって散々言ってたけど、どうする？」

「ダメに決まってるだろう。兜はよけいなこと言わないで」

真耶が剣呑な顔をして睨んだが、兜はどこ吹く風でニヤニヤしている。

「それより澄也《すみや》クン、来てないの？」

きょろきょろと病室を見回して兜が訊ね、真耶が隣で行儀悪く舌打ちした。

「ちょっとは反省したかと思ったのに……お見舞いにも来ないなんてどういうつもりなんだろうね、あの男！」

「澄也なら三時過ぎには来るわよぉ」

と、扉口から入ってきたのは、長身の看護師だ。襟元には婦長のバッジ。長い髪を優美に巻いてナースキャップをかぶった彼女は、澄也と一緒に翼を助けてくれた一人だった。

「美登里《みどり》さん、お久しぶりです」

真耶が挨拶し、翼のそばに座った央太は頬を染めてため息をついた。

「あんなに若く見えるのに、澄也先輩のお母さん……なんだよねぇ。びっくりしちゃった」

聞いた時は、翼も驚いた。モデルのように背が高く美しい美登里は澄也の母親で、やはり澄也と同じタランチュラだ。

「賑やかだな。兜くん、真耶くん、久しぶりだね」

美登里の後ろには、ロマンスグレーの男性が立っている。清潔な白衣を羽織り、きれいに口ひげを揃えた長身の彼はこの病院の院長であり、そして、

「澄也先輩のお父さんだよ」

誰？　と眼を丸めている央太に翼は耳打ちした。央太はますます驚いた顔になる。

「夫婦そろって病院で働いてるんですねぇ」

「もう離婚してるのよ、十年以上も前に。ね」

「今は良き仕事仲間、そして良きライバルさ」

央太の言葉に応え、澄也の両親が顔を合わせて笑みを交わす。仲のいい兄妹のような雰囲気だが、実際にこの二人はいとこ同士らしい。

「ところで美登里さん、澄也クンが三時過ぎに来るってほんとですかねえ」

「面会謝絶で会えなかったっていうのに、毎日来てたもの。ほらこのお花、全部澄也」

翼の脈をはかりながら、美登里は翼の個室に三つ並んでいる大きな花瓶を指した。ひまわりや白百合が色鮮やかに部屋のなかを彩り、甘い匂いをたてている。

「まさか澄也が花なんて……」

真耶はゲテモノを見たような顔で気持ち悪そうに呟いたが、突然美登里が弾かれたように笑いだし、つられて兜も腹を抱えた。

「ちょっと面白くない？　あの澄也が毎日お花届けてたなんて！　澄也がお花よ。どんな顔で選んでるか考えたら、もう面白くって面白くって」

「きっと『翼にはひまわりが似合う、これにするか……』とか言ってるんでしょうね！　真面目に！　かわいい、澄也クン！」

大笑いする兜と美登里だが、央太だけは「翼、愛されてるぅ」と眼を輝かせている。

「ちょっとちょっと、美登里さん、兜くん。外まで声が響いてたよ……」

その時、花を抱えた中年男性が入ってきた。小柄で周りをホッとさせるような穏やかな雰囲気の男性は、美登里と一緒になって翼を助けてくれた人だった。

美登里は男を見ると花がほころんだように笑顔を見せたが、院長は彼女を押しのけて男の手をとっている。

「赤尾《あかお》、久しぶりじゃないか、なかなか会えなくてさみしかったんだぞ」

「二日前に飲んだばかりだろ、七雲《なぐも》」

赤尾と呼ばれた男性は、呆れたようにため息をついた。

「お久しぶりです、理事長」

真耶と兜がぺこりと頭をさげ、一人だけ事態の分からない央太が、眼を白黒させている。

「理事長？　理事長って、星北の？　澄也先輩の親戚だっていう？」

「央ちゃん、赤尾さんはうちの学園に最初に入学したシジミチョウの人だよ。ほら、首席で卒業した人。今はうちの理事長で、美登里さんの再婚相手。で、澄也のお父さんとは」

「親友だよ」

そこだけは、院長がかっさらってつけ足した。

「あたしとは夫婦よ」

勝ち誇ったように胸を反らす美登里に、赤尾だけが困ったように微笑んでいる。央太は眼を丸めて「ええっ」と叫んだが、初めて聞いた時は央太と同じような反応をした手前、翼は思わず苦笑した。

陶也がセックス相手を連れ込む常宿にしていた高級ホテルに、美登里と赤尾が駆けつけたのは澄也に頼まれて翼探しを手伝っていたから、らしい。

『びっくりしたわ、あたしも赤尾も大嫌いなあの子が、頭下げるんだもの』

眼が覚めた日に、美登里からはそう聞いた。大事にされてるわねぇと美登里に言われてうれしかった反面、まだ一度も澄也の口から気持ちを聞いていないので、本当にそうなのか翼には自信がなかった。

「ほらほら、お見舞いは長居しないのが原則よ」

美登里に促され、院長も央太達も病室を出る。一人だけ残された赤尾は、翼の脇机に花束を置いた。

「これ以上、花は要らなかったかもねぇ」

赤尾の笑顔は、四十路後半の男とは思えないかわいらしさがある。美登里よりもずっと小さな体で、赤毛に地味なスーツを着ており、とてもタランチュラの妻を持っているとは思えない平凡さだった。

「今日、澄也くん来るの？　妊娠検査の結果、出るんでしょ？」

「あ、はい。さっき診てもらったので、夕方には聞けるって……」

翼は緊張で胸が騒ぎ、掛け布団をきゅっと握った。赤尾が椅子をひいて横に座る。

「修学の件だけど、心配しないでね。性モザイクでも、きみの戸籍は男だからうちにいてくれていい。でも妊娠してたら、産んで落ち着いたら入学しなおしておいで」

翼はパッと顔をあげて、赤尾を見つめた。子どもができていたら産むか産まないか、翼には決められなかった。けれど陶也に襲われた時、子どもを守らなきゃと思った。きっと自分は産むだろう。

（そうしたら、俺、学校は辞めなきゃ……）

　翼は小さな唇を噛んだ。

「……俺、自分の人生ちゃんと生きたいと思って、星北学園に来ました。理事長にも、憧れてた。なのに、辞めるかもしれない……」

「そんなにひどい話じゃないさ」

　赤尾は明るい声で、翼の言葉を拾い上げた。

「人生に予測もつかないことはつきものだ。その度にもう一度選びなおせばいい。未来は、きっとこうするんだという自分の意志が連れてくるんだから」

　応援してるよと、赤尾は言葉をくくった。心のどこかでずっと目標にしていた「シジミチョウ」とこうして向き合い、励ましてもらえるなんて思ったこともなかったから、不思議な気持ちだった。そのせいか、赤尾の言葉はとても素直に翼の心に響いてくる。

　赤尾が帰って一人になると、翼はベッドに潜りこんだ。眼を閉じてうとうとしながら、胸にかかっていた不安が晴れていく気がしていた。

　誰のせいでもない、自分で選んでここにいると思ったほうが、気持ちは楽になる。

（それはきっと、どんな今でも自分で変えていける証拠だから……）

　窓の外ではつがいの雀が木にとまり、チイチイとさえずりあっていた。空調の音が微かに響く個室で、翼はいつしか寝息をたてていた。

翼は夢を見ていた。実家の居間で、今より少し幼い翼が母親と話している。

『翼、本当に行くの？』

母は眼に涙を溜め、父は黙って酒を飲んでいる。テレビからは、能天気なバラエティ番組が流れている。これは星北学園に発つ前夜だ。もう変えられないと知りながら、それでも翼を案じて引き止める母の肩を、翼は安心させるように撫でた。

『泣くなよ、母さん。俺は大丈夫だから』

『翼、丈夫に産んであげられなくて……ごめんね』

うつむいた母が、はらはらと涙をこぼす。母はこんなに痩せて、小さかったろうか。眼許にうっすらと皺の寄る母。翼は胸を摑まれた気がして黙り込む。

『母さん、俺、不幸じゃないよ』

膝の上で震えている母の手に、翼はそっと自分の手を重ねた。

『幸せって、自分の選んだ人生を精一杯生き抜くことなんだ。なにがあるからとか、なにがないからとかで幸せは決まらないって教えてくれた人が、あの学園にいるんだ』

不幸じゃない。翼はもう一度繰り返す。

母が顔をあげる。めいっぱいの笑顔で、翼はうなずいた。

『俺、その人に会いに行くんだ』


誰かに頭を撫でられて、翼は眼を覚ました。

「……せんぱい？」

薄く開けた視界に、印象的な琥珀の眼と鼻筋の通った端整な顔立ちが見えて翼はもう一度「先輩」と呟いた。

「……起こしたか？」

甘いバリトンが耳にしみる。胸の奥から急に切ない気持ちが溢れだし、翼は戸惑った。ほんの三日間会わなかっただけなのに、もう何年も会っていなかったような気がした。言葉にして伝えたいことはたくさんあるはずなのに、どれも形にならない。黙っていると、澄也が立ち上がって窓を開けてくれた。

「少し換気したほうがいい、冷房だけだと、体が冷えきるからな」

薄く開けた窓から、草いきれと土の匂いがまじった夏の風が吹きこんできた。病院の植木にとまって鳴く油蟬の声が、ジーッジーッと聞こえてくる。

ふと澄也は窓辺に立ったまま、「陶也の処分だが……」と切り出してきた。

「退学になった。今は本家の奥で謹慎させられている。さすがに一族でも大問題になって、本家からも謝罪があった。……もうお前には手出しさせないから、安心してほしい」

『澄也を許してなんて、言えないわ』

翼は意識が戻った時美登里に言われたことを思い出した。

『だけどあの子を憎むなら、あたしのことも一緒に憎んでほしいの。澄也があぁなったのは、あたしのせいなのよ』

自己満足だけれど、と美登里は弱弱しく微笑んだ。

「……先輩と、陶也先輩はすごく仲が良かったんだろ？」

澄也は一瞬黙りこむと、それから翼を振り返ってきた。昔、と小さな声で話し始める。

「両親が離婚してから、俺は家にはいつも一人だった。親父は仕事が忙しかったし、母親はいきなり出ていったから、俺は、自分が捨てられたと思っていた……」

澄也が翼の寝台に腰掛ける。

「同じように親が仕事で留守がちの陶也と、自然と一緒にいることが多くなった。まるで双子みたいに……俺たちはできることも一緒なら、足りないものも一緒だった。知らないうちに、俺はあいつの価値観を自分のもののように感じていた。どうしようもないヤツでも、俺にとっては大事ないとこだった。だから……お前を傷つけることになった」

苦いものを噛んだような表情になり、澄也は眼を伏せた。

「どう謝れば、お前に許してもらえるか分からない」

ひどいことをされたとは思う。怒りたい気持ちもあるのに、心のどこかでもう許している自分がいる。見つめる澄也の横顔が、あんまりさみしく映るからだろうか。

翼が寝台の上に上半身を起こし、寄り添うように澄也の肩に額を押しつけると、澄也はぴくんと大きな体を揺らしたようだった。

「……先輩がシジミチョウを嫌ってるのって、赤尾さんが美登里さんと結婚したから？」

「再婚は、構わない。ただ……広い家の中で、ずっと一人きりで過ごしてきて、それにも慣れた頃にいきなり親父と美登里に呼ばれた。赤尾を紹介されて、大人だけ三人で屈託もなく楽しそうにしている。単純に言えばいじけたんだ、俺は……」

一人だけ取り残されたさみしさ。澄也が十五の頃だったという。今より幼かった澄也の気持ちがどんなものだったか、翼は分かるような気がした。

長く孤独な夜を耐えてきたことに、澄也は失望したのかもしれない。澄也があえて退屈を選んできたのは、傷つかないための手立てだったのかもしれないと、ふと思う。

「それに今は……シジミチョウは嫌いじゃない」

小さな声で、澄也が言葉をつぐ。

部屋の扉がノックされ、翼が澄也から離れると同時にでっぷりと太った老人医師が入ってきた。澄也が立ち上がって礼をする。産婦人科医の横山《よこやま》だ。

「おう、澄也くん。来とったんか」

横山医師は翼の脇の椅子に腰を下ろした。澄也は窓を閉めてから、翼の顔を覗きこんだ。

「……一人で聞けるか？　不安なら、美登里を呼んでくるぞ」

澄也の眼が、心配そうに揺れている。気遣うような口ぶりが優しくて、翼は驚いた。

「平気。ありがと、先輩」

「じゃあ、頼みます」

横山に頭をさげて澄也が出て行くのと同時に、翼はぎゅっと拳をかためた。

「……それで、流れて、ましたか？」

「それ以前に、妊娠なんかしとるわけないだろ」

横山にばっさりと緊張を切り捨てられ、翼は「えっ」と素《す》っ頓狂《とんきょう》な声を出した。

妊娠をしているわけが、ない？

「子ども、いない、んですか？」

「いない」

きっぱりと言われた瞬間、全身から力がぬけていく。自分の体が急に干からびて、ぺらぺらの紙きれになったと感じるほど、翼は呆然とした。

「青木くん、ホルモンの調整薬飲んどっただろ。あれ、飲まなくなってどれくらい経つ？」

「……え、二ヵ月とか、そこらかな」

「それじゃあ無理だわ。体調が悪かったのも食欲がなかったのも、単に今まで抑えてた女性ホルモンが増えて体がびっくりしただけ。あんた、妊娠したいならまず、膣を作らんと」

「ち、ちつ……」

「あんたの体ンなかに、ちぃッさい膣はあるからの、調整剤変えて、女性ホルモン増やして一時的に体を整えんと、おめでたにはならんよ。妊娠の予定は？」

「に、にんしんのよてい？」

翼は耳慣れない言葉にまごついた。

「とりあえず、結婚は高校卒業した後だろ？　そしたらあと二年半か。高校三年生になったあたりから徐々に準備したらちょうどいいわ。うちにいい先生おるしな。体が自然に変わるのに、大体二年かかるからの。早くて十九で産めるわ」

「え、な、なんの話ですか」

横山がきょとんとした。

「澄也くんと結婚するんだろ？　院長が言うとったぞ、澄也くんに報告されたって」

「え、えぇ？」

「子ども産んだらホルモンも安定して、少し寿命も延びるだろ。まあ頑張んなさい」

横山は翼の背をぽん、と叩いてでっぷり太った腹を揺らしながら出て行ってしまった。

取り残された翼は今聞いたことの整理がつかないまま、まだ呆然としていた。

（子ども……いなかったんだ）

下腹を、そっと押さえる。拍子抜けしたようなほっとしたような気持ちと一緒に、すうっと気持ちが落ちこんでいくのを感じた。

(なんだ……じゃあ結婚なんて話も、なくなるよなぁ)

澄也は翼に、責任がなくなる。心のどこかで、それを惜しんでいる自分がいる。

「翼、横山先生が帰ったようだが……」

扉を開けて、澄也が遠慮がちに声をかけてきた。その表情に緊張があるのを見たら、翼はわずかに胸が痛んだ。

「子ども、できてねぇって」

言いながら、翼は困ったように笑ってしまう。

「なんかすごい勘違いしちゃったよな、みんなして。よく考えたらすぐ分かることなのに」

「できてなかった……のか?」

澄也は複雑な表情をしていた。その顔からは、なにを思っているのか推し量れない。

「先輩、結婚まで考えてくれたのにさ。ごめんなーっ」

澄也の本心が怖くて、翼はわざと明るく笑い飛ばした。

「いや……お前が謝ることじゃない」

静かに返され、翼は喉が詰まる。胸がきゅうっと痛み、それ以上なにも言えなくなった。

ジッジッジッ……。

神経質な蟬の声が、窓の向こうから聞こえている。

（……やっぱり、妊娠してなきゃ結婚とか、なし？）

助けに来てくれた時、澄也は自分を好きなのかもしれないと思った。けれど今になれば、あれは激しい勘違いとしか思えない。

——性モザイクだと知っていたら抱かなかった。

澄也に言われた言葉が、鋭い痛みと一緒に蘇る。これでもう、完全に切れてしまうかもしれない。翼はうつむき、唇を嚙みしめた。どうしたら澄也に好きになってもらえるのか、翼には分からない。

「寒いのか？」

かたわらに寄り添い、澄也が顔を覗いてきた。翼の手をそっと握り、指先を確かめる。澄也の体温に触れて、翼の心臓がどきんと跳ねる。

「冷えてるな、しばらく、冷房をきろうか」

壁のコントロールをいじり、澄也は冷房を切ってくれた。その端整な横顔を見ていたら、急に胸が痛むほど澄也が愛しく、恋しくなった。切なくて、翼は我知らず「先輩」と呼びかけていた。

「子どもできてなくて……ほっとしたか？」

驚いたように澄也が振り返った。視線をまともに受けられなくて、翼はうつむいていた。

（先輩はちょっとくらい、俺と結婚したかった……？）

一秒の沈黙が永遠のようだった。ほっとしたと言われたら、胸が裂けてしまう。

「青木《あおき》さん、検温の時間ですよー」

不意に担当看護師が一人、部屋に入ってくる。

「あ、はい。すいません」

翼は慌てて顔をあげ、渡された体温計を脇に挟んだ。看護師は二十代前半で若く、すっきりした細身の美女だ。

「澄也さん、いらしてたんですねぇ。お久しぶりです」

翼が体温を測っている間に、彼女は頬を赤らめて澄也に挨拶をした。とたん、心臓にずきりと痛みが走る。

（だってここ、澄也先輩の家の病院だし。知り合いくらいいたっておかしくない）

そう思うのに、翼は傷つき、胸が鋭く痛むのを感じた。

「よかったら、後でナースセンターにも顔出してくださいな。婦長が美味しいケーキ買ってきてくださって」

澄也は看護師に「どうも」なんて返事をしていた。検温が終わると、看護師は機嫌よく出て行った。

「熱、下がったみたいでよかったな」

「女だったら、ああいう人が先輩の好み？」

口をついて出た一言に、驚いたのは翼のほうだった。

「なんだって？」

訝しげに眉を寄せた澄也に、翼はかあっと赤面した。勢いよく布団の中に潜りこむ。

「もう行っていいよっ、看護師さんも呼んでたし。俺、もう寝るから」

「おい、どうしたんだ、いきなり」

（どうしたもこうしたもあるか、先輩のバカッ）

布団の中で小さな体をだんご虫のように丸くして、翼は叫びたいのを抑えこむ。急にみじめになり、泣きたくなった。

どうして澄也は、子どもができてなくて残念だと言ってくれないのだろう。

（残念じゃないからだろ？）

「翼……どうしたんだ？　どこか痛いのか？」

頭のすぐ上から、声が聞こえてくる。

「なんでもねえよ。行けば？　ケーキあるんだろ？」

「ケーキが食べたくて、拗ねてるのか？」

（そんなわけないだろっ）

的外れな澄也の反応に、イライラする。

「お前は鈍いな」

「は？」

なにが。

「布団から顔を出せ」

「嫌だよ、俺眠いんだから」

「もう、俺と顔を合わすのも嫌なのか？」

「嫌がってるのはそっち……」

「がっかりしたよ、子どもができてなくて……」

突然、布団がはぎとられた。翼は振り返り、その瞬間、眼の前に迫った澄也に視線を奪われた。

「好きだ」

たった一言が、稲妻のようだ。稲妻のように、翼の心臓を撃ち抜いた。そして怒りは、呆気なく壊されてしまう。

「今さら……勝手な言い分だと分かっている」

甘いバリトンが、聞いたこともないほどかすれ、震えていた。

「お前が、好きだ。本当は、触れることも許されないかもしれない、でも」

澄也は唇を、わななかせた。見たことのない、思いつめた表情で。

「お前が他の誰かを選んだら、きっと俺は無理やりお前を奪う。また、傷つけてでも……」

澄也はうなだれ、翼に額を合わせてくる。レッドニータランチュラの甘い香りが、翼の鼻腔いっぱいに広がった。

「お前を縛りつけたい、俺の糸で。俺の想いで、言葉で……からめとって、巣の中にしまいこみたい。それが俺の愛し方だ。こんな俺は、最低だ」

（嘘だろ？）

これは夢だ。都合《つごう》のいい夢だ。そう言い聞かせる自分の気持ちとは裏腹に、心臓はドキドキと鳴り、頬が熱くなっていく。

「先輩、俺を嫌いだって、言ってたよな……？」

澄也は焦ったように、翼の両手を握り締める。

「初めの頃だろう？　お前を知ってからは、ずっと好きだった……」

澄也は苦しそうに眉を寄せる。

「お前に、恵まれている苦しさもあると言われて、俺は――自分でも、そんなふうに思ったことがなかったのに、慰められた気がした。俺の言葉でお前が勇気をもらったと言ってくれて、俺は……こんなにつまらない俺でも誰かの役に立てたのかと思ったら、純粋にうれしかったんだ。多分、あの時から、お前が好きだった……」

（あの時？　あれからずっと？）

「それって……最初にエッチして……すぐだよな？」

「そうだ。驚いたか？　二度目からはずっと、お前が好きだから抱いていた」

澄也の言葉がとても信じられなくて、まだ信じるのが怖くて、翼は弱々しく反論した。

「だって、俺が妊娠してるかもって分かった時は、自分がシジミチョウと結婚かって……すごく嫌そうに言ってたのに？」

「……あれは、すまなかった。俺なりに、自分の十八年間の価値観を覆せなかった。俺はシジミチョウと結婚した美登里を嫌ってたのに、その自分が同じことをするのかと思ったら……でもお前が陶也にさらわれて、死んでしまうかもと思ったら……そんな価値観に縛られていた自分がくだらなくなった」

きっぱりと言う澄也に、翼はまっ赤になる。

「だけど先輩……他の人も抱いてた……」

「陶也の意識をお前から逸らしたかったんだ。お前じゃなければ誰だって一緒だった。だから寄ってきたのと適当に寝てた。そうやってお前を忘れたかった。忘れられなかったが」

「……先輩、それって最低」

「自覚はある」

拗ねたように澄也が返してくる。子どもみたいな表情に、翼はうずくように心が潤み温かな気持ちが溢れるのを感じた。握られている手から、じんと熱が広がっていく。

眼の前のこの人が好き。その気持ちに比べたら、階級も今までの悩みもこれからの苦労も全てが軽くどうでもよく思えてくる。澄也もこんな気持ちだろうか？

「俺も、好きです」

言葉は勝手に口をついて出た。

澄也は一瞬、なにを聞いたか分からないようにぽかんと口を開けていた。数秒経って、弾かれたように立ち上がる。

嘘みたいだった。あの澄也が、傲慢で誰に劣ることもないタランチュラの澄也の顔が、みるみる間にまっ赤に染まっていく。

（ああ）

湯のような温もりが、翼の胸いっぱいに満ちた。翼はやっとたどりつけたのだと思う。自分の本心に。

まだ信じられないという顔で立ち尽くしている澄也と、ほんの少し離れている距離さえもどかしくて、翼は手を伸ばした。澄也の指を一本そっと握り、「先輩」と呼ぶ。

「……先輩、キスしてくんねえの？」

すると、澄也が赤い顔のまま口許を手でおさえ、空を仰ぐ。

「嫌なのか？」

さみしくなって訊くと、顔を手で覆い、澄也がうめく。耳まで真っ赤だ。

「いや……ちょっと」

「ちょっとって、なんだよ」

「……かわいかったから」

今度は翼のほうが赤くなる。かわいいって。

気がつくと、頬を火照らせた澄也の顔が、近づいてくるところだった。翼は素直に眼を閉じる。

唇に触れるだけのキスをされ、頬を両手で包まれてじっと見つめられた。澄也はどこか緊張し、思いつめたような眼をしている。翼が手に手を重ねて初めて、ほっとしたように笑ってくれた。

こんなふうに笑いかけられたのは、初めてだ。微笑む澄也の眼尻は甘く、翼の胸に優しい気持ちが染みてくる。

ベッドに倒れ込み、もう一度口づけあう。

「……将来、俺は医者になってこの病院を継ぐ」

翼に額を合わせ、澄也がささやいた。

「子どもの頃から決まっていたことだ。なんの目標もないから、与えられたレールに乗っかっているほうがラクだと思ってきた。でも今は、やりたいことがある」

真剣な澄也の瞳のなかに、自分の顔が映っている。翼はそれを見つめ返した。

「……一生かけて、お前を生かす。もう生き飽きたというところまで、俺と一緒に生きてほしい」

言葉はなにも、出なかった。

ただ、胸の奥から切ない、痛みに似た熱が広がっていく。それは愛おしいという感情、息が詰まるほどの幸福感だった。

人生が短いのだと知ってから、死はすぐそこにあると知ってから、いつもどこかで翼はたった一人ぼっちだった。

死を恐れて生きることが嫌で、飛び出した小さな世界。あの時連れ出してくれたのは澄也だった。

「……俺、先輩に」

声を出したら、限界だった。眼に熱い涙が盛り上がる。

「会いたかった。ずっと……」

生まれて、生きて、死んでいくことにもし価値があるのなら、それは誰かが自分を必要としてくれること。自分がいることで、誰かを支えていられること。ずっと、心のどこかでそう思ってきた。そうと確信していたわけではなくて、そうなれたらいいのにと願っていた。誰かに必要とされ、誰かを支えていたい。そうすれば、自分は生き抜いたのだと思うことができる……。

「ずっと、先輩に言いたかった。ありがとうって……そして」

澄也の首に腕を回す。

（知ってほしかった、俺っていう人間がいること。覚えててほしかった、青木翼って人間が、生きていたっていうこと——）

「それは俺のセリフだ」

翼の背に、澄也の腕が回る。互いの間に空気さえも入れないよう、強く抱きしめられる。

「会いに来てくれて、ありがとう」

澄也の肩に瞼を押しつけたとたん、翼の眼から涙が堰《せき》を切って溢れだした。翼は声をあげて泣いた。

一人きりで抱え込んできたさみしさも怖さも、全部溶け出していく。

いつまで生きられるのかな。

どうやって生きていけばいいかな。

そんなことを、たった一人で悩む必要はもう、ないんだ。

いつしか夏の陽は、西の際へ沈みはじめていた。

黄昏の光が白い病室に差しこむと、寄り添い合った二人の影は一つに溶ける。窓の外からは夏の蝶々が、抱き合う翼と澄也を覗いて、遠い夕景の中に飛んで消えていくところだった。

あとがき

こんにちは！　または、はじめまして。樋口美沙緒《ひぐちみさお》と申します。私の二冊目の本、『愛の巣へ落ちろ！』をお手にとっていただき、ありがとうございます。今回はなんと、ムシ擬人化（?）です。本当のムシは出てきませんが、変な設定なので、楽しんで頂けたか不安です。どうでしたか？　ドキドキ……。

このお話を最初に書いたのは、三年ほど前のことです。もともと蝶が好きだった私は、ネットで蝶画像を漁る日々でした。可愛い画像を見つけたら、数分間うっとり眺めては「ちょうちょ可愛い～可愛い～」と悶えるわけです。でも「タランチュラが小さいちょうちょを食べちゃうBLって萌えない？」と友人に訊き回っても、全員から「やめとけ」と言われました（そりゃーそうだ）。しかし私の萌はおさまらず、とうとう書いてしまったのがこのお話でした。

可愛いツバメシジミの翼《つばさ》は、とっても頑張り屋で元気、でも同時に明日生きてられるかな？　といつも思っている子です。そんな子が健気《けなげ》に頑張っているのがかわいそうで、私はすっかり真耶《まや》に感情移入してました。「翼くんを泣かせるなんて、このバカグモ！」と……書いてるのは私なのに（笑）。

澄也《すみや》は前の本の攻がヘタレだったのでかっこよくと思っていたのに、結局ヘタレでした〜。愛が強すぎて、翼の時間割とか全部知ってそうなムッツリ攻になりました。俺様が情けな〜く受に跪《ひざまず》くのが快感な私なので、許してください。この後のおまけでも、そんな澄也のデレダメぶりをたっぷり書かせてもらいました！　澄也が情けないのは翼への愛ゆえなんです、きっと（笑）。

実を言うと、このお話は以前に花丸新人賞に投稿していたものなのです。時を経てこうして出版して頂けるとは、人生何があるかわからないなと思います。

それもこれも、とっても可愛い美しい絵で挿絵を描いてくださった、街子マドカ先生。それから、ご迷惑をかけ通しだったのにずっと励ましてくださった担当様。この原稿を快《こころよ》く預けてくださったK様。こんな話を出してくださった編集部様、出版社様。常に支えてくれる家族、友人のみんなのおかげです。

本当にありがとうございます。

ここまで読んでくださった方にも、感謝です。色もので反応が心配なので、よかったら出版社様宛に感想を送ってくださると……踊って喜びます！

ではこの後からおまけです。楽しんでいただけますように！

樋口美沙緒

愛とはかくも、恐ろしきもの

十八歳で人生最初の、そして多分最後の恋人ができるまで、七雲《なぐも》澄也《すみや》は自分を完璧な人間だと思いこんでいた。諸事情あって、相手に交際を申し込むより先に父親へ「将来結婚したい」と伝えた時、父は呆れるよりも感心したようだった。

「……お前もようやく、バカになれたらしいなあ」

それまでずっと完璧だったはずの澄也は、知らなかった。愛がどれほど――自分を狂わせるものなのか、ということを。

（なんだ、あいつらは）

夏休みも明け、二学期が始まって二週間が経ったある日のこと、澄也は面白くないものを見てしまった。

澄也が普段生活をしているドゥーベ寮の一階中央には、談話室が設けられている。ゆったりしたソファが置かれ、東南に面した壁がガラス張りで採光も明るく、豊かなグリーンの鉢植えが並べられた居心地のいいスペースだ。

　夕食も終わった午後八時ごろ、三階の自室から談話室のある一階へ下りてきた澄也は、階段の途中で立ち止まって階下を見下ろしていた。談話室の天井は二階まで吹き抜けなので、澄也の立つ位置からは下の様子が丸見えだった。

　談話室の真ん中のソファには、澄也の恋人――青木翼《あおきつばさ》が腰掛けている。

　ハイクラスの澄也からすると、子どものように小さな体。肩も腰も細いけれど、この頃は妙に色香《いろか》を増してきて、シャツの袖の下からすんなりと伸びた白い腕さえ艶めかしく見える時がある。小さな顔の中、一際大きな黒い瞳はいつも好奇心をたたえてきらきらし、笑うたびに丸い頭が揺れて、髪がさらさらと流れる。ありていに言って、澄也には翼がたまらなくかわいく見える。

　一度気がついてしまえば、翼ほど魅力のある相手はいない――と澄也は思うようになった。ロウクラスだとか、シジミチョウだとか、性モザイクだとか、そんなことはどうでもいい。気が強いけれど優しくて、さみしがり屋で頑張り屋なところも、子どものような体なのに抱くと急に色っぽくなり、甘い声を出すところも気に入っている。付き合いだしてからというもの、翼への気持ちが減るようなことはなく、むしろ日に日に大きくなり、今や澄也は「趣味が青木翼だ」とでも言えそうな勢いで翼にのめりこんでいるのだった。

そんなわけで、その光景は澄也にとってねたましく映《うつ》った。

談話室のソファに座った翼は、同じ寮の、二学年らしき男たち三人に囲まれて談笑しているようなのだ。

以前ならいじめにでも遭っていないかと心配するような場面だが、翼がにこにこと笑っているのを見るとそんなこともないのだろう。ついでに見回すと、翼を囲む男たちの顔に意地の悪い表情はない。あるのは、どうにかして翼と親しくなりたいという下心のようだ。

そうと気づいたとたん、澄也は腹が立った。足早に階段を下り、談話室に入るやいなや、

「翼」

と声をかける。と、翼を囲んでいた男たちの顔に「じまった」とでも言いたげな表情が浮かび上がったのを、澄也は見逃さなかった。

「あ、澄也先輩」

翼が澄也を見て、ぱっと顔を輝かせる。それを見ると、澄也は胸の中にたとえようのない満足感と優越感が広がるのを感じた。どうだ見ろ、翼は俺が好きなんだ、と声に出して言ってやりたい気持ちだった。同時に、

（さっさと去れよ）

というメッセージをこめて三人の男たちをじろっと見てやる。彼らは気まずそうな笑みを浮かべて、及び腰になった。

「じ、じゃあね、シジミちゃん。おやすみ」

「あ、おやすみなさい」

翼はやんちゃなところはあるが、基本的に年上には敬語を使う。笑顔で返されて、男たちがうれしそうにしたのが気に食わず、澄也は三人を睨みつけた。すると澄也の不機嫌を察したらしく、男たちは逃げるように立ち去っていった。

「……なんの話をしてたんだ？」

翼の隣に腰を下ろしながら訊くと、翼は授業のアドバイスを受けていた、と呑気《のんき》な様子で話してきた。

「俺、一学期にいくつか期末考査受け損ねたろ？　化学の試験だけ、追試のほかにレポート提出があるんだって。そしたらあの先輩たちも、去年同じ先生が受け持ちだったって」

アドバイスしてくれた、と翼がうれしげに言うので、澄也は腹の底がもやもやとするのを感じた。対して、翼はご機嫌良さそうにしている。

「最近、寮でも学校でも、俺に普通に話しかけてくれる人増えたんだ。俺のこと嫌ってる人もいっぱいいるけど……学校に戻ってくるのちょっと怖かったから、うれしいんだ」

頬を染めて言う翼を見ていると、澄也は、

（それは親切心じゃなくて、スケベ心だ）

とは言えなくなってしまった。

自分の本心を言ったことに照れたのか、翼は小さな顔をほんのり赤らめている。長い睫毛の下で大きな瞳がきらきらと潤んでいて、それが澄也にはとてもかわいく思えた。

（お前はちょっと、無防備すぎるぞ。自分じゃ気づいてないんだろうが――）

翼は知らないようだが、本当は、翼を抱いてみたいと思っている男なんて腐るほどいるのだ。ほとんどは好奇心だろうし、澄也が翼にのめりこんでいる様子を見て興味を示しているだけ。あるいは、性モザイクへの物珍しさにちょっかいを出してみたいだけに過ぎないけれど、中には翼と話すうちに本気で翼に惹かれている男もいるし、翼に笑顔を向けられて目尻をさげている連中だって、澄也はこの寮でも学校でも見かけていた。

世の中のハイクラス種には、ロウクラス種を特別好むような輩もいる。胸の大きな女が好きだとか、背の高い男が好きだとか、そういう好みと同じ次元で、ロウクラスが好き、と言う人間もいるのだ。それなのに翼には、その自覚がまるでない。

（あんなやつらと、もう話なんてするな）

そう言いたい。言ってやりたい。本当は、自分以外の誰とも口を聞かせたくないくらいだ。だが翼の笑顔を見ていると、とてもそんなことは言えなくなった。言えば「余裕がない格好悪い人」と思われそうで怖いのもある。けれどそうしたところで、腹の底にもやもやとわだかまる嫉妬は消えてはくれないわけで……。

「先輩、どしたの？　黙っちゃって」

黙り込んだ澄也を心配するように翼が顔を覗き込んできたので、そのタイミングで澄也の中に意地の悪い気持ちが湧いた。細い顎を指で軽く持ち上げると、翼が頰を赤くした。

「なんだよ……」

照れ隠しなのだろう、ちょっと怒ったように上目遣いで睨まれると、もう辛抱できなかった。ここはすぐそばの階段からは丸見えの場所だ。しかし、見たいやつは見ればいい。むしろ見せつけてやる、と思ってしまう。

(俺だけがこいつに触れていいんだ——)

翼の首を引き寄せ、甘嚙みするようにその唇に口づけた。腕の中で、翼が小さな体をぴくん、と動かす。

「せ、先輩。こんなとこで……人に見られたらどうすんだよ」

翼がまっ赤な顔をして、胸を押しのけてくる。

(見せたいんだよ)

だからやっているのだ。気がついていない翼の鈍感さが、澄也は素直にかわいいと思う。

「見たいやつには見せておけばいい」

と、適当なことを言いながら、澄也はもう一度、今度はさっきより強く口づけた。抱きしめると、ほっそりした体が感じられる。翼の唇は小さく、舌で舐めるとぷるんとしている。歯をこじ開けて舌を忍び込ませれば、翼が「んっ」と甘く鳴いた。

（かわいい……）

簡単すぎる翼が、かわいい。どんなに強がっても、どんなに気丈でも、結局は澄也に従順な翼の体がかわいい、と思う。それが翼の、澄也への愛情のせいだと知っているからだ。

そして翼の口の中は、澄也がキスに没頭《ぼっとう》してしまうほど、甘い。唾液そのものが甘いのだろう。小型チョウの特徴なのかは知らないが、翼の唾液は花蜜の味がする。

「ん、ん、せんぱ、ん、放し……っ」

唇の角度を変えるたびに翼がなにか言っているが、澄也は聞いてやらなかった。細い体が腕の中で震えだし、翼の持つ甘い香りがふわっと空に舞い上がる。下唇を舌でねぶり、小さな舌の腹を擦ってやる。口角から唾液をこぼし、眼をとろんとさせ、まっ赤な顔で震えながら頼りない手を澄也の胸へ突っ張っている翼に、澄也はどうしようもなく興奮した。

翼の体をがっちりと抱き込んだまま、澄也は爪の先から糸を出した。

「ん、んっ、あっ」

翼がびくん、と背をしならせた。

澄也は、服の裾や袖、襟ぐりなど、あらゆる隙間から翼の裸身へ柔糸を侵入させた。糸の感覚は、澄也の脳にもすべてダイレクトに伝わってくる。翼の全身を這わせている糸からは、翼の素肌のみずみずしい感触を感じとることができる。

「あ、ちょっと……っ　せ、先輩……っ、話聞けよっ」

翼が切羽詰まった声を出し、澄也を押しのけようと顎を押してきた。しかし澄也には、そんな抵抗は痛くもかゆくもない。強引に手を退けて、耳の中へ舌を差しこむ。服の下にくぐらせた柔糸で翼の胸を揉みながら、既にふっくらと膨れた乳首をつまむ。反応し始めていた性器も糸ですっぽりと包み込んで吸い付いては緩め、吸い付いては緩め、を繰り返す。そうして媚毒で濡らした柔糸を、翼の秘奥へと進ませる――。

「あ……っ、や、……んんっ」

翼はまっ赤になり、小さな尻を浮かした。

「なに、なにすんだよっ、こ、こんなとこで……っ、やめ、やめろよっ、あ……っ」

「お前……」

澄也は脳へ伝わってくる、翼の秘奥の動きにこくりと息を呑んだ。

翼のそこは澄也の糸を飲みこんで、うねるように蠢いている。翼は無意識だろうが、中の感じやすい場所へ糸を這わせると、ただそれだけで中の肉が澄也の糸を締めつけてくるのだ――。まるで擦ってほしがっているように。

欲しがる翼の快感が、そのまま澄也の快感に変わる。

「いやらしいな……お前は……簡単な体だ」

澄也はたまらず、かすれた声で囁いた。

簡単すぎる翼が、愛しい――。と、澄也が思った時だった。

腕の中で、翼が鼻をすすった。澄也はハッとして腕を緩め、翼の顔を覗き込んだ。

はたして、翼は大きな瞳からぼろぼろと涙をこぼして泣いていた。顔をまっ赤にさせ、悔しそうに澄也を睨みつけて震えている。澄也はとたんにぎくりとし、泣かれたことに慌ててしまった。

「……放せよ。じゃないと、許さねえから」

自分でも情けないと思うが、『許さない』と言われたことに澄也はゾッとした。

「わ、悪い。泣くな」

謝りながら、澄也は急いで糸を消した。

「こんなんじゃ、前と変わんねーじゃん」

しかし翼はぽつんと言って立ち上がり、怒った様子でその場を駆け去ってしまった。

残された澄也は、ぽかんとした。怒らせたのは分かったし、泣かせたことに予想以上にショックを受けた自分にも気がついた。けれど——……。

(あ、謝っただろ？　それに俺が手を出してるのは愛しているから……だろう？　大体翼も気持ちよさそうにしておいて……なんなんだ？)

澄也はわけがわからず、しばらくその場で放心していた。

「うっとうしいんだけど。さっさと謝ってくんない」

翌日の夜、寮の自室で一人悶々としていた澄也のもとを訪れた真耶《まや》が、怒り心頭《しんとう》といった様子で言い放ってきた。思わず半眼で真耶を睨むと、それに負けないくらいの冷たい視線が返ってきた。真耶が「翼くんにだよ」とつけ足す。

「ケンカしたんでしょ？　翼くんは元気がないの必死に隠してるけど。澄也がそんなだったら、もう別れてもらうよ」

「なんでお前が俺と翼の付き合いを決める権利があるんだよ」

相変わらず澄也を翼の相手と認めたがらない真耶に苛立ちながら、けれど、澄也は弱々しくため息をついてしまった。――先日のケンカから一日。澄也は翼がなにを怒ったのか分からずにいて、それゆえ、謝れないでいた。

「……急に怒り出したんだ。謝ったんだぞ、俺は。あいつも感じてたのに」

「あ、そういう話はべつに聞きたくないから」

「お前こそ、理由が分かるなら教えてくれよ。謝ったのに許してくれなかったらどうしたらいいんだ」

もしかしたら嫌われたのだろうか――とさえ、思ってしまう。今朝翼を見かけて声をかけたのに、翼にはぷいっと顔を背けられたのだ。そのことを思い出すと、澄也は胸が痛む。

（俺だって落ち込んでるんだよ……）

ため息をついて肩を落とすと、そんな澄也に驚いたように真耶が眼を丸めた。

「澄也も変わるもんだね。そんなふうに一人のことで悩んでるとこ、初めて見たよ」

感慨深げに言い、真耶は「理由が分からないなら、訊いてきたら」と促してきた。

「澄也ってさ、今まで誰とも、さほどつながっていきたいってなかったでしょ。だから実は、対人関係が苦手というか不器用だと思うんだよね」

「バカにしてるのか？」

「事実でしょ？　その証拠に、なんで怒ってるのか教えてくださいとも言えてない」

澄也は図星を指されて、言葉に詰まった。訊《き》く、という発想すらなかった。今までに、誰かの気持ちを知りたいと思ったこともなかったし、努力してまで歩み寄る気もなかった。第一、ハイクラスのトップ層にあって澄也に分からないことなど少なかった。

「翼くんはさ、澄也が本当は不器用でなにもできないってこと、まだよく知らないんだよ。だからなんでも伝えないと。心は簡単じゃないんだから」

真耶に注意されて、澄也はハッとなった。体はともあれ、心まで簡単だと思っていたつもりはなかった。だが、『前と変わらない』と言った翼の言葉が思い出されると、翼にはそんな誤解を与えてしまったのかもしれない、と思う。

真耶に言われるまでそんなことにさえ気づけなかった自分が、なんだか情けない。

「俺は……意外にみっともないな」

「恋愛はみっともないものでしょ。愛の恐《こわ》さを思い知って、せいぜい苦しむがいいよ」

言うだけ言って、真耶はその場を立ち去っていった。幼なじみの、励ましとものののしりとも知れない言葉には思わず眉を寄せたけれど、澄也はしばらくして立ち上がり、二階の、翼の部屋へと向かうことにした。

翼の部屋の前につき、ドアをノックしても誰も出てこないのでノブを回すと、鍵は開いていた。央太《おうた》は不在らしい。翼の部屋へ通じるカーテンをひいて、澄也は思わずどきりとした。翼が、ベッドの端《はし》っこに身を寄せて涙ぐんでいたのだ。

「……翼」

声をかけると、翼はびくりと震え驚いたように眼を丸めて澄也を見つめてきた。泣かせたのは自分らしい、と思うと、澄也の中にどうしようもない罪悪感がこみあげてくる。

「翼……悪かった。お前の気持ちも考えず……」

ベッドの端にそっと座っても翼からは眼を逸らされたが、澄也はおそるおそる翼の片手をとった。すると、ややあってから翼はわずかに握り返してきてくれた。

とたんに、言いようのない幸福感が澄也の胸にわいた。まだ、嫌われてはいない。そう思うと、情けないけれど心の底から安心してしまったのだ。

「俺はバカだから、お前がなんで怒ったのか分からない。嫌なことは二度としないから、教えてくれないか？　人目につくところで手を出されたのが、嫌だったのか？」

ゆっくり訊くと、翼は「それも嫌だったけど」と呟いた。その大きな眼が、不安そうに揺れている。

「簡単だなんて言われたら、やっぱり先輩は俺のことロウクラスとしか見てくれないんだって思えて……俺の話は聞いてくれないし、恋人のはずなのに、なんか、さみしかった」

――そんなふうに、思わせてしまったのか。

押し寄せてくる罪悪感と、翼を慰めてやりたいという温かな欲求で、澄也は翼が笑ってくれるのなら土下座だってできる、と思った。自分がみっともなくなることで、翼が幸せになってくれるなら。

澄也はただ身を乗り出し、精一杯気持ちをこめてもう一度謝った。

「……悪かった。不安にさせたんだな。俺は嫉妬したんだ、お前が他の男と楽しそうに話してたから。というか、本当は一日中、嫉妬してる。……不安なんだ」

「なんで？　俺が好きなのは澄也先輩なのに……先輩でも嫉妬するの？」

翼は驚いているようだ。澄也はもっと、自分のみっともないところを教えてやりたくなった。つまるところそれは、翼をとんでもなく愛しているという証なのだと分かったから。

「それは……俺より性格がいいのはたくさんいる。俺にお前は、もったいない……」

真面目に言ったのだが、翼はなんだかおかしくなったらしい。急に頬を染めてくすくすと笑い出した。その笑顔に、澄也はホッとした。

「そんなの、俺だって、先輩は俺にもったいないと思ってるんだぜ」

「——それじゃ、お互いちょうどいいのかもしれないな」

澄也は身を傾け、翼の小さな丸い額に、自分のそれをくっつける。瞳を覗き込むと、翼が恥ずかしそうに微笑んでくれた。澄也の胸に、愛しさだけがほっこりとわいてきた。

「ここでなら、続きをしてもいいか？」

囁《ささや》くように訊くと、翼は頬を染めてかわいく澄也を睨んでくる。

「央太が帰って来ちゃうだろ。でも……先輩の部屋でなら、いいよ」

じゃあそうしよう、と囁いて、澄也は翼の頬にそっと口づけた。胸の奥に甘い感情が広がり、それが澄也をたとえようもなく幸福にしてくれた。

終わってみると、なんとも茶番のようなケンカだった。きっと真耶は仲直りした俺たちを見て、明日には呆れた顔をするだろうな、と澄也は予想した。

くだらなくてとてもばかげているけれど、甘やかで、幸福な事件だ。

これが愛だというのなら——それはかくも恐ろしきもの。完璧だったはずの澄也をこんなにも、みっともなく、バカにさせてしまうのだから。

しかし同時に、どうしても手放しがたいものである。

それを人は、幸福と呼ぶのかもしれない。

Hanamaru Bunko
作家・イラストレーターの先生方へのファンレター・感想・ご意見などは
〒101-0063 東京都千代田区神田淡路町2-2-2
白泉社花丸編集部気付でお送り下さい。
編集部へのご意見・ご希望などもお待ちしております。
白泉社のホームページはhttp://www.hakusensha.co.jpです。

白泉社花丸文庫
愛の巣へ落ちろ!

2010年4月25日 初版発行
2018年2月15日 3刷発行

著 者 樋口美沙緒©Misao Higuchi 2010
発行人 高木靖文
発行所 株式会社白泉社
〒101-0063 東京都千代田区神田淡路町2-2-2
電話 03(3526)8070(編集)
03(3526)8010(販売)
03(3526)8020(制作)
印刷・製本 図書印刷株式会社
Printed in Japan HAKUSENSHA ISBN978-4-592-87624-3
定価はカバーに表示してあります。